ZUM FEUER ZURÜCK

Impressum

Umschlag: Thorsten Röver AGD, formgarten.com
Satz & Layout: Antje Grube, www.antjegrube.com

Verlag: Edda Grelke, Dreieichstraße 43, 61381 Friedrichsdorf
Druck: epubli

ROLAND SIMM

ZUM FEUER ZURÜCK

IN EINER PARALLELWELT

I

Sinin Danir saß in einem vornehmen dunkelblauen Kostüm und mit hochgesteckten Haaren hinter der Bühne. Sie wartete alleine auf einer Holzbank und ließ die Gedanken schweifen. Der Tag würde arbeitsreich werden, aber das war sie gewohnt. Kurz musste sie an zu Hause denken. Hatte sie den Katzen genug Futter gegeben? Der Haushälter würde erst gegen Mittag da sein. Na, das würde schon klappen.

Am Morgen hatte sie einen Bericht über die Wirtschaft des Landes gelesen. Das Wachstum stagnierte. Kein Rückgang, dachte sie, aber für manche war das trotzdem ein schlechtes Vorzeichen. Sinin kannte die Zahlen, aber sie beunruhigten sie nicht. Der Nation ging es gut. Und erste Maßnahmen für die weitere Entwicklung waren angekündigt.

Die Rektorin der Schule begann mit ihrer Begrüßungsrede, Sinin konnte ihre Stimme dumpf hören. Sie schaute sich von ihrem Platz aus um und erinnerte sich an ihre eigene Schulzeit. Räume, Prüfungen, wichtige Menschen. Ihre Jugend war recht behütet verlaufen. Das war eine andere Zeit gewesen. Aber auch das Heute empfand sie nicht als schlecht. Jedes Alter hat seine Vorzüge, dachte sie und lächelte.

Dann wurde ein feierliches Lied gespielt. Ein Mitarbeiter des Instituts kam in den Wartebereich. Der kleine Mann im grauen Leinenanzug blickte Sinin durch seine runden Brillengläser an, lächelte und lud sie mit einer weiten Armbewegung in die Halle ein. „Frau Präsidentin! Wenn Sie mir folgen mögen?“

Die blauhäutige Politikerin stand auf und ging zur Bühne.

2

Sonnenstrahlen durchdrangen die große Halle des Gilon-Instituts. Es war Herbst in Togon, einem Land auf Gaiyu, aber noch nicht richtig kalt. Zu dieser Zeit fanden im ganzen Land die Abschlussfeiern statt, auch an dieser Schule. Ein weiterer Jahrgang Absolventen hatte seine Schullaufbahn beendet und suchte nach einer Berufsausbildung oder einem Hochschulstudium. Gut zweihundert geprüfte Schüler warteten mit ihren Familien in der bestuhlten Halle auf ihr Abschlusszeugnis. Der Innenraum war mit Fahnen und Stoffen geschmückt, neben dem Schulemblem in weiß und blau hingen goldene Girlanden, verteilt im Raum standen große, grünblättrige Pflanzen in hellbraunen Töpfen.

Sinin stand am Rednerpult und blickte die Absolventen im Saal an, die den höchsten Schulabschluss des Landes erreicht hatten. „Für Ihre weiteren Wege sei gesagt: Wir haben eine Demokratie, die niemanden zurücklässt. Ihre Sicherheit ist das bedingungslose Existenzeinkommen, das Ihr Existenzminimum abdeckt. Gehen Sie Ihren Weg – und scheuen Sie sich nicht, Hilfe anzunehmen, wenn sie nötig ist. Mehr will ich gar nicht sagen. Ich wünsche Ihnen am Arbeitsmarkt und auf Ihrem weiteren Werdegang viel Erfolg und auch Glück, wenn Sie es brauchen!“

Die Zuhörer applaudierten. Nicht alle Absolventen in Togon bekamen persönliche Glückwünsche von der Präsidentin des Landes. Sinin schritt vom Rednerpult zur Rektorin des Instituts, einer schlanken Mittfünfzigerin, die ihr entgegenkam. Der Applaus dauerte an, als sie sich die Hände schüttelten. „Vielen Dank“, sagte die Rektorin und schaltete ihr Mikrofon ein.

„Vielen Dank, Frau Präsidentin. Wir sind außerordentlich geehrt! Wir dürfen nicht zu viel Ihrer wertvollen Zeit in Anspruch nehmen. Doch stellvertretend für alle wollen wir nun die Jahrgangsbeste auszeichnen!“ Sie reichte Sinin ein großes Zeugnis, das auf Pergament gedruckt war, und schaute in die ersten Reihen der Schüler. „Frau Sunuda Meresba?“

Eine dunkelhäutige Absolventin im türkisfarbenen Kleid schlug die Hände vors Gesicht und erhob sich langsam von ihrem Platz. Wieder brandete Applaus auf, schnell schaute Sunuda sich um, bahnte sich ihren Weg auf die Bühne. Schließlich erreichte sie Sinin und die Rektorin, die das Ergebnis verlas. „Zwölf von zwölf Punkten!“

Sinin trat einen Schritt vor und übergab der jungen Frau ihre Urkunde. Sie nahm das Mikrofon. „Geehrte Frau Meresba, herzlichen Glückwunsch zu Ihrem Abschluss. Sie haben es geschafft. Viel Erfolg im Leben! Sie werden gute Arbeitsstellen bekommen“, sagte sie mit einem Lächeln, „und auch meine Position wird irgendwann frei!" Ein paar Zuschauer lachten. Sinin schüttelte der Absolventin die Hand und Sunuda nahm die Auszeichnung ehrfürchtig entgegen. Die Jahrgangsbeste verbeugte sich mit Respekt unter dem Applaus der Anwesenden. Dann drehte sie sich um und begab sich wieder zu ihrem Platz. Etwas schüchtern, dachte Sinin, empfand aber Sympathie. Na, sie war noch jung ...

Die Veranstaltung ging weiter, jetzt wurden alle ausgezeichnet, die die Prüfung bestanden hatten. Einer nach dem anderen holten sich die ehemaligen Schüler ihre Zeugnisse ab. Ein besonderer Moment, fand Sinin, hier passierte etwas Richtiges. Leider musste sie sich schon verabschieden, um zurück ins Regierungsbüro zu fahren. Ihr Tag hatte gerade erst begonnen. Sie drückte eine Taste auf ihrem Handy. Rechts und links in den Ecken des Saals standen ihre beiden Sicherheitsbeamten auf. Die Rektorin bemerkte es. „Präsidentin Danir wird uns jetzt leider verlassen. Vielen lieben Dank, kommen Sie jederzeit wieder!", sprach sie in die Lautsprecheranlage. Sinin verabschiedete sich mit einem Nicken. Dann erreichte sie ihr Team, das sie aus der Halle führte.

Auf dem Schulhof, nahe bei den Parkplätzen, fiel Sinin eine schwarze Statue auf. Ein Mann und eine Frau in Übergröße reckten je eine Hand zum

Himmel. „Für den Frieden 923" stand in großen silbernen Lettern auf dem Sockel. Der Mann hatte ein Gewehr umgehängt. Sinin blieb stehen und überlegte. Ein Frieden war nur mit Waffen möglich, schien die Statue mitzuteilen. Konnten sie die Waffen im Frieden nicht hinter sich lassen? Vielleicht. Es waren viele Dinge errungen worden, warum nicht das? Die Waffe lag eng am Körper des Mannes. Sinin gefiel die Statue nicht, seit wann war Frieden so dunkel? Aber ihr Team ging schon weiter, sie erreichten den Parkplatz. Die Türen ihrer schwarzen Limousine wurden geöffnet und Sinin stieg ein.

3

Abends war Sinin wieder in ihrer Stadtwohnung. Da eine Veranstaltung ausgefallen war, hatte sie nun etwa neunzig Minuten Zeit bis zu ihrem nächsten Einsatz, einer Podiumsdiskussion. Ihre beiden Katzen hatten sie bereits begrüßt. Sinin wollte die Zeit nutzen, alte Kontakte zu pflegen. Wen hatte sie lange nicht angerufen? Da gab es mehrere. Sie seufzte. Zena, Dira, Marol. Zena könnte noch arbeiten ... und von Marol hatte sie lange nichts mehr gehört. Er würde bestimmt bei seiner Großfamilie sein. Sie hatten seit ihren Aktivistentagen fast ausschließlich am Telefon miteinander gesprochen. Aber gut! Mal sehen, ob er da war. Sie wählte den Kontakt an ihrem Smartphone.

„Marol Senek."

„Ich bin's, Sinin!"

„Sinin! Was für eine Überraschung! Hey, wie geht es dir?"

„Och, gut. Es ist eine Veranstaltung ausgefallen. Ich habe Zeit, also, etwas Zeit."

„Schön! Die liebe Sinin. Na, ich denke, du hast deinen Job noch etwas an der Backe."

„Joaa ... und du deine vier Kinder!"

„Ja, jeder Tag ist turbulent. Aber uns gehts gut. Auch der Kleinste kann jetzt mal zwanzig Minuten allein in seinem Raum bleiben ... es läuft."

„Schön zu hören! Lea, Erdek, Cana und …“, sie überlegte kurz, „… Tena!“

„Korrekt!“, antwortete Marol. „Ja, alle gesund und munter. Nur Erdek hat eine Fehlstellung des Fußes. Er bekommt Einlagen.“

„Ok. Ich weiß, dass er in guten Händen ist.“

„Danke. Und du, wie sieht es aus mit dir und Kindern, bei dem Riesenjob?“

„Erst mal nicht. Mein Mandat …“

„Klar. Dafür hat Togon eine junge Präsidentin.“

„Es darf weitergehen. Togon ist irgendwie mein Kind, ich liebe die Menschen, die Werte, Bräuche, notwendige Gesetze. Wir haben viele Erfolge gefeiert!“

„Trotz Minderheitsregierung!“

„Ja, irgendwo findet sich doch eine Mehrheit.“

„Das hast du schon früher gekonnt. Weißt du noch, wir als Umweltaktivisten. Und du hast immer rumgefragt, ob alle es gut fanden, was gemacht wurde. Du bist von uns die Einzige, die Berufspolitikerin geworden ist. Und dann gleich noch Präsidentin!“

„Gleiches Recht für alle!“, skandierte Sinin halblaut hinter vorgehaltener Hand ins Mikrofon des Handys.

Marol lachte. „Ja, das war ein Punkt.“

„Ich hatte auch Glück. Aber es gibt noch viel zu tun, und ich glaube, es liegen noch Erfolge vor uns!“, sagte Sinin.

„Dein Wort in Gottes Ohr! Hast du was von Zena gehört?"

„Sie arbeitet als Stationsleitung im Nord-West-Krankenhaus hier in Ers."

„Ah. Ich weiß noch – der Drei-debattieren-bis-in-die-Nacht-Club."

„Ja, vor dem Krieg. War eine schöne Zeit."

„Aber jetzt auch wieder! Wir hatten harte Zeiten, als Cana krank war. Gut, dass das vorbei ist. Das bedingungslose Existenzeinkommen hat geholfen."

„Dafür haben wir es eingeführt. Geht es ihr wirklich gut jetzt?"

„Sie braucht Tabletten. Aber sonst alles in Ordnung, ja."

„Gut", sagte Sinin und atmete aus. Sie freute sich. Alles im Rahmen.

„Ok, Marol, ich muss mich noch auf die Podiumsdiskussion vorbereiten. War schön, von euch zu hören! Macht weiter so!"

„Wir geben unser Bestes!"

„Ich melde mich. In ein oder zwei Jahren."

„Ok, dann warte ich!", antwortete Marol und lachte. „Viel Erfolg heute Abend!"

„Danke. Euch eine gute Zeit."

„Ja, bis dann. Tschüss!"

Sinin beendete die Verbindung.

Das hatte Spaß gemacht. Kurz erinnerte sie sich an die gemeinsame Zeit im Umweltschutz. Damals wurde irgendwie einfach geholfen. Was jetzt alles an den Dingen dranhängt, dachte sie. Aber der kleine Flashback – es war toll, mit Marol gesprochen zu haben. Von Zeit zu Zeit war das nötig. Aber nun forderte das Amt wieder Einsatz. Sinin musste sich etwas anderes anziehen. Sie kraulte kurz die beiden Katzen, dann ging sie in den begehbaren Kleiderschrank.

4

Auf dem Messegelände von Erpett, der zweitgrößten Stadt im Norden Togons, fand zum dreiundzwanzigsten Mal der Zukunftskongress statt. Neben Lesungen und Workshops zeigten an den Ständen verschiedene Unternehmen, Regierungsorganisationen und NGOs ihre Arbeit. Besucher und Fachbesucher konnten am Tag darauf ab Sonnenaufgang ihr Bild von der modernen Welt weiter ausbauen. Schon früh am Morgen herrschte großer Andrang. Auch Sinin besuchte mit zwei Personenschützern die Messe. Sie wollte die Stände der Nationen Gaiyus, der Helfer Gaiyus und des Umweltinstituts besuchen und sich außerdem über neue Technologien informieren.

Nach den Kriegen von 918–923 mit hohen Verlusten auf allen Seiten sicherten die 132 Staaten Gaiyus den Frieden in der weltweiten Organisation Nationen Gaiyus. Sie verfügten über eine internationale Armee, die in Krisen eingreifen konnte. Die Helfer Gaiyus waren eine Unterabteilung, die mit Tausenden Teams Nahrungssicherheit und medikamentöse Versorgung gewährleisten konnte. Jedes Team bestand aus zwei leicht bewaffneten Polizisten, einem Arzt, zwei Fahrern und zwei geländefähigen Kleinlastern. Durch ihre Bodycams konnten sie Probleme aufnehmen und weiterleiten.

Sinin nahm eine Flasche Schaumwein in die Hand, holte aus und warf sie gegen das Boot. Die Flasche zerbarst und Applaus brandete auf. Sie hatte eben das zehntausendste Boot der Helfer Gaiyus auf den Namen „Heldin 2“ getauft. Zahlreiche geladene und nicht geladene Gäste hatten sich am Stand der Organisation auf dem Zukunftskongress versammelt, an dem Fahrzeuge und Boote gezeigt wurden. Die motorisierte Heldin war gut neun Meter lang und zweieinhalb Meter hoch und konnte einiges an Last befördern. Die Presse machte Fotos. An weiteren Fahrzeugen präsentierten Mitarbeiter der Helfer Gaiyus die Arbeit ihrer internationalen Behörde. Sinin unterhielt sich mit Besuchern und ging dann mit einem Sicherheitsbeamten zu einem geländefähigen Laster. Ein kräftiger, bärtiger Mitarbeiter begleitete sie.

„Das sind unsere Hauptversorger. Diese Klein-Lkws verteilen neunzig Prozent aller Hilfen. Ein Boot wie Heldin 2 ergänzt dort, wo Fahrzeuge nicht hinkommen.“

„Wie viele Lkws haben Sie?“

Der Mitarbeiter schaute auf sein Tablet. „Es sind momentan – 98.724!“

„Oh“, sagte Sinin, „ich komme auch gern zum nächsten Jubiläum!“

„Da haben wir nichts gegen, Frau Präsidentin!“, lachte der Mitarbeiter.

„Wenn Sie die Entwicklung nach den Kriegen beurteilen, wie gut wirkt der Einsatz dieser Fahrzeuge?“

„Nun, darüber gibt es Studien. Wir nehmen an, dass durch die Präsenz und Versorgung durch die Teams fünfundsiebzig Prozent der Konflikte zu Anfang abgemildert werden konnten.“

„Gut so.“

„Ja, wir hoffen auf weitere, friedliche Jahre!“

„So soll es sein.“ In Kürze würde sich Sinin über neue Technologien informieren. Sie gab ihren Personenschützern ein Zeichen zum baldigen Ortswechsel.

Zwei Stunden später war Sinin voller Informationen über die Zukunft. Ihr Team würde die Informationen darüber hinaus noch einmal für sie zusammenfassen. Neue Fertigungstechniken, umweltfreundliche Energiespeicher und neue Gesetzesentwürfe zur Weiterentwicklung des Emissionshandels hatten ihre Erwartungen zufriedengestellt. Es gab Lösungen für die belastete Natur. Sie würde für den Erhalt Gaiyus Mehrheiten finden.

Als sie die Halle verließ, trat ein großer Mann in abgetragener Kleidung der kleinen Gruppe in den Weg. Die Sicherheitsbeamten stellten sich vor Sinin. Der Mann, eingehüllt in eine Wolke Rasierwasser, stieß hervor: „Danir, warum tun Sie das?

Ich arbeite hart! So viele Abgaben! Sie machen alles kaputt!"

Der rechte Bodyguard stellte sich zwischen ihn und Sinin, aber die Präsidentin trat einen Schritt zur Seite.

„Moment", sagte sie ruhig. „Sind Sie alleinstehend?"

„Was, was hat das damit zu tun? Ja!"

Sinin betrachtete ihr Gegenüber. „Wenn Sie einmal einen Arbeitsunfall haben, woher bekommen Sie Geld, bis die Versicherung zahlt?"

Der Mann schaute zu ihr, zu den Sicherheitsbeamten und zu ihr zurück. „Das Existenzeinkommen."

„Und dann zahlt die Versicherung."

„Wahrscheinlich."

„Das kostet Geld. Wollen Sie das alles wieder abschaffen? Das Existenzeinkommen bekommen Sie doch auch jetzt."

„Äh, ja." Der Mann blickte sie verwundert an.

Sinin fing seinen Blick ernst auf. „Dann wünsche ich Ihnen gutes Gelingen im Job. Wir gehen weiter."

„O-Ok", sagte der Mann und taumelte zur Seite. Die Sicherheitsbeamten gingen voran, Sinin folgte. Der Mann blieb stehen und schaute ihr nach.

Etwas später dachte Sinin über die Begegnung mit dem Bürger nach. Es war alles gut gelaufen.

Im Endeffekt war es nur eine Frage gewesen. Der Mann schien bessere Zeiten erlebt zu haben, sie hoffte, dass er eine gute Einstellung zu seinen Problemen finden konnte. Er hatte ihr nichts getan. Sie holte ihr Smartphone heraus und gab eine kurze Anweisung an ihr Büro: „Ich brauche morgen die Zahlen zur nationalen und internationalen Umweltbelastung zusammengefasst in meinen Nachrichten." Der Tag ging ohne weitere Zwischenfälle zu Ende.

5

Erdo Sas, der stämmige, schwarzhaarige Vorsitzende der populistischen Partei Stimme für Togon, saß ruhig in einem kleineren Saal des Parlamentsgebäudes. Die Wände waren mit dunklem Holz verkleidet, die Tischreihen an matt silber glänzenden Metallgestellen montiert. Gut zwanzig Politiker seiner und anderer Fraktionen waren anwesend, sie warteten. Es herrschte fast drückende Stille, seit der Vorsitzende des Untersuchungsausschusses mit seinen Kollegen den Raum zur Beratung verlassen hatte. Bald würde er den Entschluss verkünden. Die Stimme für Togon stand unter dem Verdacht, über eine Reinigungsfirma Aktivitäten im extremistischen Untergrund Togons zu finanzieren. Der Untersuchungsausschuss war in der Lage, Strafverfahren einzuleiten. Das könnte Erdo direkt betreffen – er schien jedoch gelassen.

Die Verbindungstür öffnete sich und der Vorsitzende des Ausschusses betrat mit zwei Bediensteten den Raum. Eine Glocke ertönte. Die Anwesenden erhoben sich.

„Im Namen des Volkes Togons stellt der Untersuchungsausschuss fest: Der Verdacht zur Finanzierung demokratiefeindlicher Aktionen durch die Partei Stimme für Togon lässt sich nicht bestätigen. Die umfangreichen Unterlagen weisen auf eine legale Bezahlung der Reinigungsfirma Klenek 1 hin. Für die Anschuldigungen wurden keine Beweise gefunden. Hiermit beendet der Untersuchungsausschuss seine Arbeit." Der Vorsitzende setzte sich wieder hin.

Teils erleichtert, teils enttäuscht begannen die Politiker verschiedener Fraktionen Gespräche. Erdo wandte sich zwei seiner Parteigenossen zu und schüttelte ihnen lächelnd die Hände. Seine Mitstreiter waren froh über den Ausgang des Untersuchungsausschusses. Es gab keine Konsequenzen – erst einmal keine weiteren Ermittlungen. Die Türen des Saales wurden geöffnet, draußen wartete die Presse. Als Erdo den Raum verließ, drängten sich Journalisten um ihn. Ein jüngerer, vollbärtiger Reporter kam ihm am nächsten und fragte: „Herr Sas, das war der zweite Untersuchungsausschuss innerhalb eines Jahres. Denken Sie, dass das Ihre Partei Wählerstimmen kosten wird?"

Erdo winkte ab. „Wir geben dazu eine Erklärung durch das Parteibüro ab. Vorher kein Kommentar." Er ließ sich in die Gruppe seiner Parteigenossen zurückfallen, die Journalisten befragten andere Abgeordnete. Erdo schien alles trotz der Ermittlungen nicht besonders mitzunehmen. Der kräftige Mittvierziger trank kurz aus einer Flasche und machte sich auf den Weg zu seiner Fraktion im Parlament.

6

Am nächsten Vormittag stand Erdo Sas am Rednerpult des Parlaments. Der große historische Saal war gut gefüllt, auch Sinin war anwesend, sie saß bei ihren Parteikollegen. Sie konnte die verzerrende Rhetorik des Oppositionsführers nicht leiden. Doch sie hörte zu.

„Seit zwei Quartalen stagniert die Wirtschaft. Aber wir haben extrem hohe Sozialausgaben, Die Helfer Gaiyus international, das bedingungslose Existenzeinkommen und noch mehr! Umweltschutz für eine Umwelt, die sich genug selbst schützt! Wie soll das alles bei der aktuellen Wirtschaftsleistung bezahlt werden, Frau Präsidentin? Das ist verfehlter Sozialismus. Und vertreten von – nicht von einer Regierung, sondern von einem arroganten, sozialistischen Regime!"

Die Abgeordneten seiner Partei applaudierten. Sinin war demokratisch gewählt worden. Sie stützte ihr Kinn mit der linken Hand und überlegte. Ihr war diese populistische Verfälschung der Tatsachen nicht neu, aber sie suchte neue Wege, etwas dagegen zu tun.

„Diese Regierung ruiniert unser Land! Wir müssen unseren Staat auf Vordermann bringen, nicht die ganze Welt! Überall Hilfsausgaben, Sozialabgaben, hunderttausend Wirtschaftsflüchtlinge kommen jährlich zu uns – unsere Wirtschaft wird erdrückt! Wir sind für den schlanken Staat, unsere Unternehmen brauchen keine Bremsklötze! Aber wir werden den Filz aufdecken, der den Markt und die einfachen Arbeiter behindert! In vielen Gesetzen haben Sie das festgeschrieben – wir werden es wieder abschaffen! Das ist unser Versprechen. Bald ist Wahl, und das Volk wird es entscheiden! Mit uns geht es wieder aufwärts, Frau Danir!"

Erdo verließ das Rednerpult und nicht nur die Mitglieder seiner Partei spendeten Beifall. In seiner Fraktion umringten ihn Kollegen und klopften ihm anerkennend auf die Schulter. Die neuesten Umfragen deuteten auf einen Stimmengewinn hin.

Schließlich nahmen die Abgeordneten wieder Platz, ein Mitglied der Regierungskoalition trat zum Pult.

Ein Parteikollege Erdos bekam einen Anruf. „Das Geschäft? Ich schicke Ihnen eine bessere Nummer, wir haben gerade Sitzung ... ja, tschüss." Er wählte den Kontakt am Handy aus und sendete eine andere Kontaktmöglichkeit. Dann setzte er sich, um die Rede von Sinins Koalitionspartner mitzubekommen.

„... und Stagnation heißt in unserem wohlhabenden Land, dass die Versorgung für alle gewährleistet bleibt. Unser Planet verkraftet kein übertriebenes Wachstum! Gerade unsere weltweiten Sozialsysteme schützen uns vor illegaler Migration! Ihre Argumentation ist armselig populistisch, Herr Sas! Außerdem hat die Geschichte gezeigt, ein unregulierter Markt macht Reiche reicher und Arme ärmer. Genau deswegen stützen wir weiter die Benachteiligten in Togon, indem wir Markt ökologisch und sozial regulieren, denn die Umwelt ist nach den Aussagen von fünfundneunzig Prozent aller Wissenschaftler überlastet, Herr Sas!"

Die Debatten gingen weiter. Erdo lehnte sich in seinem Sitz zurück. Er war zufrieden mit dem Ablauf der Auseinandersetzung. Seine Partei war inzwischen zweitstärkste Kraft im Parlament und die Wahlen rückten näher.

Es war schon abends in der Hauptstadt Ers, die Sonne näherte sich dem Horizont. In der kleinen Kirche im Zentrum der Metropole würde bald der Abendgottesdienst stattfinden. Andächtig öffnete Sinin die große Holztür des Gotteshauses. In gedämpftem Licht saßen gut hundert Gläubige auf den Bänken. Sie freute sich, nach diesem arbeitsreichen Tag noch an der Andacht teilhaben zu können. Sie hatte ihre Sicherheitsbeamten angewiesen, draußen zu warten, und suchte sich einen Platz hinten in der Kirche.

Oberin Yana, eine kleinere Frau in purpurnem Gewand, trat zum Altar. Eine Glocke läutete, der Gottesdienst begann.

„Liebe Gemeinde, ich begrüße Sie alle zur Abendandacht! Möge unser Gott sie annehmen."

„Sona", antwortete die Gemeinde: So soll es sein.

„Liebe Gläubige. Der Tag neigt sich dem Ende zu, und vieles ist geschehen. Es geschehen Dinge, die wir wollen und die wir nicht wollen. Gott möchte uns Klarheit und Besinnung geben, um zur Ruhe zu kommen und neue Kraft zu schöpfen. Möge er alles zum Guten führen, Sona. Egal was passiert ist, Gott hilft mit seinen Werten, zu ihm können wir zurückkommen, egal, was uns vom Weg abgebracht hat. Was sind die Werte Gottes?

Laut unserer Heiligen Schrift sollen wir Schätze im Himmel sammeln. Das ist uns bekannt, lasst uns sprechen ..."

Mit der Gemeinde zitierte sie leise aus der Schrift: „Liebe, Freundlichkeit, Langmut, Treue, Friedfertigkeit, Sanftmut, Beständigkeit, Selbstbeherrschung und Freude. Sona."

Sie fuhr fort: „Haben wir unseren Nächsten geliebt? Manches geht in den Schwierigkeiten des Alltags unter. Aber manchmal ist noch Zeit, Dinge zum Guten zu wenden! Lasst uns daran denken."

Das waren die Werte, nach denen Sinin versuchte zu leben. Sie spürte Dankbarkeit, dass sie Politik für die Menschen machen konnte. Der Sozialstaat, den sie mit eingerichtet hatte, war, wie sie fand, gelebte Nächstenliebe. Jetzt nicht eingebildet werden, wies sie sich innerlich zurecht. Sie würde bald zur Ruhe kommen und morgen wieder ihr Bestes geben, es war noch lange nicht alles erledigt. Danke, dachte Sinin. Sie fühlte sich müde, aber geborgen.

8

Am nächsten Morgen bekam Sinin das Signal von der Ankunft ihres Fahrdienstes auf ihrem Smartphone, als sie noch im Flur ihrer Stadtwohnung stand. Sie schaltete das Radio aus, das gerade die Nachricht von besseren Umfragewerten für Sinins Partei übertragen hatte. Dann ließe sich nach dem Zukunftskongress auch einfacher Klimaschutz durchsetzen, dachte Sinin. Der Himmel war leicht bewölkt, das Licht drang durch die Fensterscheiben in die modern eingerichtete Wohnung. Sie ging in Gedanken die wichtigsten Punkte des Tages durch. Im Kabinett würde sie die Maßnahmen zur Belebung der Wirtschaft besprechen. Tage zuvor hatte sie einen Plan mit Steuererleichterungen und Subventionen eingereicht. Und da war noch ... stimmt, das Gesetz zur Bekämpfung von Korruption, das sie vor einem Jahr eingebracht hatte, musste angepasst werden. Sie trat aus ihrer Wohnung.

Vor dem Haus parkte das gepanzerte Fahrzeug, in dem sie fast jeden Tag gefahren wurde. Trotzdem wunderte sie sich – normalerweise fuhr davor und dahinter jeweils noch ein Wagen mit Sicherheitspersonal. Sie öffnete die hintere Fahrzeugtür und setzte sich hinein.

„Guten Morgen, Sinin!“, grüßte Chana, ihre hochgewachsene Sicherheitsbeamtin, die wie immer vorne neben dem Fahrer saß.

„Morgen!“, erwiderte Sinin und legte ihre Tasche neben sich. Chana war schon gut vier Jahre ihre persönliche Begleitung. „Du, wir fahren ja ganz alleine, was ist denn mit den Begleitfahrzeugen?“

„Die sind in Reparatur, wir konnten so schnell keinen Ersatz auftreiben. Aber morgen sollen sie wieder bereitstehen“, antwortete Chana.

„Ach so.“ Sinin öffnete ihre Tasche und prüfte nach, ob sie wirklich alle Unterlagen hatte, die sie brauchen würde. Die Limousine fuhr los zum Parlament, das ebenfalls im Stadtkern lag.

Drei Minuten später erreichten sie die Hauptverkehrsstraße der Metropole. Zwischen den Wolkenkratzern warben grelle Displays für verschiedenste Produkte, es waren wie immer in der Rushhour zu viele Autos unterwegs. Sie fuhren Stopp-and-Go. Sinin betrachtete das Treiben und bekam Durst.

„Ich will mir noch irgendwo ein Nemech besorgen“, sagte sie zu Chana. Da fiel ihr auf, dass sie vergessen hatte, sich anzuschnallen. Sie nahm den Gurtverschluss zur Hand. „Die Sitzung heute wird sicher länger werden.“ Doch als sie wieder den Kopf hob, wurde ihr eiskalt – sie blickte direkt in die hässliche Mündung einer großkalibrigen Handfeuerwaffe, mit der Chana zwischen den zwei Vordersitzen hindurch auf sie zielte.

„Chana ...?“

„Es tut mir leid, Sinin“, sagte die Sicherheitsbeamtin. Sinin ließ den Gurt los. Sie musste raus hier, sofort!

In diesem Moment fuhr die Limousine über eine Bodenwelle.

„Jetzt!“, dachte Sinin panisch und warf sich gegen die hintere Autotür. Chana schoss, doch im Wanken des Fahrzeugs verfehlte der Schuss sein Ziel. Irgendwie schaffte es Sinin, die Fahrzeugtür zu öffnen, und stürzte hinaus. Weg hier, war ihr einziger Gedanke. Die anderen Verkehrsteilnehmer starteten ein Hupkonzert, als sie aus dem Wagen taumelte, aber sie konnten ohnehin nur langsam fahren. Sinin rannte geduckt um die Fahrzeuge herum. Nur nicht umdrehen! Schließlich erreichte sie die nächste Seitenstraße und lief hinein. Prinzipiell war sie erst einmal aus der Schusslinie. Aber war sie sicher? Der Gedanke, verfolgt zu werden, ließ sie weiter eilen, weiter weg.

Sie schaute sich kurz um, aber gegen einen Angriff mit Schusswaffen war sie kaum gewappnet. Sie hielt sich nahe an Gebäuden. Die nächste Abzweigung links? Sie spähte nach vorne und eilte in die Straße hinein.

9

Sinin erreichte die nächste Abzweigung. Wurde sie verfolgt? Es kostete sie Mut, aber sie schaute dennoch zurück. Konnte sie dem trauen, was sie da sah? Sie blickte noch einmal umher, etwas ungläubig. Nun ... anscheinend verfolgte sie keiner.

An der Kreuzung war ein Straßencafé, dessen Gäste sie teils ignorierten, teils verwundert beäugten. Sie blieb stehen und merkte, dass sie Seitenstechen hatte und ihr Atem hektisch ging. Was konnte sie tun, wie konnte sie sich in Sicherheit bringen? Sinin erinnerte sich: Für den Fall eines Anschlags gab es eine Notrufnummer, die sie mit ihrem Smartphone anrufen konnte. Was für ein Glück, dass sie trotz Todesangst so geistesgegenwärtig gewesen war, ihre Tasche zu greifen, als sie sich aus dem Wagen geworfen hatte!

Obwohl sie darin unterwiesen worden war, fragte sie sich nun, ob sie der Nummer trauen konnte. Wieso hatte Chana auf sie geschossen? Was bedeutete das? Sie entschied, die Notrufnummer anzurufen. Schließlich war der Notfall jetzt da. Erst stemmte sie die Arme in die Hüften und blieb einen Moment still stehen. Ihre Atmung wurde etwas ruhiger. Dann holte sie das Smartphone, entsperrte es und fand den Menüpunkt „Präsidialer Notfall". Sie wählte ihn, bestätigte mit ihrem Fingerabdruck und hielt das Gerät ans Ohr.

Ein Freizeichen. Noch ein Freizeichen. Innerlich brauste sie auf, hatte sich aber im Griff.

„Hier präsidialer Notfalldienst“, sagte eine männliche Stimme.

„Notfalldienst?“, sagte Sinin. „Hier Danir. Präsidentin Danir ... Auf mich ist ... geschossen worden! Was ... was soll ich tun?“

„Wir haben Sie durch Ihr Smartphone identifiziert. Ist der Angreifer noch in der Nähe?“

„Weiß ich nicht! Ich bin ein paar Straßen ... weggerannt.“

„Ok. Bitte erteilen Sie uns mit Ihrem Notfallcode die Erlaubnis, Sie orten zu dürfen.“

Sinin schaute auf das Display. „472794.“

Kurz herrschte Stille in der Leitung, dann antwortete der Operator: „Ok. Wir haben den Weg nachvollzogen, den Sie gegangen sind. Das System leitet Sie nun über Ihr Telefon mit dem Navigator zu einer sicheren Straße, wo Sie von der Polizei abgeholt werden können. Ok? Lassen Sie sich einfach vom Gerät leiten, es ist nicht weit, der Weg wird Ihnen angezeigt. Warten Sie kurz ... Jetzt können Sie auflegen.“

„Ich ... also ich lege auf.“

„Richtig. Sie sind bald wieder in Sicherheit.“

„Ja“, sagte Sinin immer noch atemlos und beendete den Anruf.

Auf ihrem Smartphone öffnete sich eine Karte. Ihr bisheriger Standort wurde rot, ihr Ziel blau angezeigt. Dort musste sie hin. Also. Der Navigator führte sie zur Hauptstraße. Sie ging los.

10

Gut fünf Minuten später verließ sie die Seitenwege und kam zu einer breiteren Straße. Es war viel Verkehr, seitlich auf dem Standstreifen warteten grüne Taxis auf Kundschaft. Ein Computershop bot bunt leuchtend seine Waren und Dienstleistungen an. Sinin blieb kurz stehen, die Szenerie beruhigte sie ein wenig. Hier sollte es sein? Sie schaute sich um. Auf der anderen Seite der Hauptverkehrsstraße stand ein Polizeifahrzeug, an dem ein Beamter lehnte. Das mussten sie sein. Sinin hob die Hand. Geschafft.

Der Uniformierte sah zu ihr und zog seine Waffe. Sinin gefror das Blut in den Adern. Der Mann zielte auf sie. Sie musste ausweichen! Schnell sprang sie zurück und landete geduckt zwischen zwei Taxis. Der Uniformierte schoss. Die Kugel streifte Sinins linken Arm und traf grünes Blech. Nur weg hier! Der Schütze versuchte näher zu kommen, aber der Verkehr war zu Sinins Glück im Moment zu dicht. Sie öffnete die hintere Tür eines Taxis, kletterte mit dem Kopf voran hinein und legte sich, so flach es ging, auf die Rücksitzbank.

„Weg hier!“, schrie sie.

Der Taxifahrer, der sich auch geduckt hatte, als der Schuss fiel, verstand und gab sofort Gas. Vom Hupen der anderen Verkehrsteilnehmer begleitet setzte sich sein Fahrzeug in Bewegung und drängte sich auf die Fahrspur.

Der Attentäter riss die Tür des Polizeiwagens auf, der in der anderen Fahrtrichtung stand, und sprang hinein. In diesem Moment bog das grüne Taxi rechts um die Ecke.

Verängstigt schaute Sinin durch die untere Hälfte der Rückscheibe. Ihre Stimme überschlug sich. „Sie ... sie dürfen uns nicht kriegen!"

„Schon klar! Passiert Ihnen das öfter?", fragte der Fahrer.

„Nein!", fauchte Sinin. Der Streifschuss brannte. Was war ihr geschehen?

Der Fahrer, blauhäutig wie sie selbst, schaute in den Rückspiegel und bog bei der ersten Möglichkeit ab, diesmal links. Der Polizeiwagen war nicht zu sehen gewesen.

Wo kann ich hin, überlegte Sinin. Wo kann ich hin ... erst mal weg. Der Taxifahrer suchte eine weitere Hauptverkehrsstraße, um Geschwindigkeit aufnehmen zu können.

„Otors!", stieß Sinin hervor. „Fahren Sie mich nach Otors." Otors war eine alte Vorstadt von Ers, an sich eine verlassene Gegend, es gab nur noch wenige bewohnte Häuser.

„Verstehe."

Sie wollte raus.

Ein paar Augenblicke später bemerkte der Fahrer: „Der Polizeiwagen ist nicht zu sehen."

Sinin kramte hektisch in ihrer Tasche. Alles kam ihr so unwirklich vor. „Ich kann Sie bezahlen ...", sagte sie und stellte über den Link der Taxiorganisation eine Verbindung her. Die Zahlung wurde autorisiert. „Ok?“

„Die Bankverbindung ist angekommen“, sagte der Taxifahrer. „Wer hat auf Sie geschossen?“

„Ich weiß es nicht“, sagte Sinin. In ihrer Jacke fand sie ihre Sonnenbrille und setzte sie auf.

Der Taxifahrer schien sie in der Hektik nicht erkannt zu haben. Ok. Sie beherrschte sich mühsam. Was passierte ihr gerade? Sie war zwei Mal innerhalb kürzester Zeit in Lebensgefahr gewesen und ihr Oberarm brannte immer noch. Jetzt nicht auffallen, dachte sie. Sie versuchte sich zu beruhigen und nachzudenken. Bezahlt war. Aber sie war verfolgt worden! Sie war der Handynavigation gefolgt und der Angreifer auch – durch das Handy war es ganz einfach, sie zu erfassen. Sinin ließ hektisch das Fenster herunter und warf ihr Smartphone hinaus.

„Hey! Was machen Sie denn?“

„Die haben auf mich geschossen ... die können auch mein Handy orten!“

„Ok ...“, sagte der Fahrer beruhigend, „...jetzt fahre ich Sie erst mal aus all dem Trouble raus nach Otors.“ Das waren noch fünfunddreißig Kilometer.

„Ja“, sagte Sinin und schloss die Augen. Schließlich setzte sie sich etwas aufrechter hin und schnallte sich an.

II

Der stämmige Radiojournalist Debo Toras war mit seinem Techniker Sen Berda am Eingang des Parlaments von Togon angekommen. Beim Sender Radio Metropol war er zuständig für das Ressort Politik. Zwei Interviews standen auf dem Programm, sie überprüften noch die Elektronik. Mit Ohrstöpseln war er mit der Zentrale des Senders verbunden. Sen richtete das Mikro an der Kleidung des Journalisten aus. Debo gebot ihm, kurz innezuhalten – über seine Ohrstöpsel bekam er eine Nachricht eingespielt. Es war eine Eilmeldung: Präsidentin Danir und eine Sicherheitsbeamtin wurden in der Innenstadt vermisst, und dort sollte es Schüsse gegeben haben!

Heftig, dachte Debo. Was ist da wohl los gewesen ... Konnte er das eventuell in die Interviews einbauen? Die Staatssekretärin, die er befragen sollte, war Danirs Parteikollegin.

„Weiter", teilte er dem Techniker mit. Sen schloss das Ausrichten ab, checkte die Verbindung und meldete alle notwendige Elektronik online. Debo dachte kurz nach, hakte einen Punkt in der To-do-Liste seines Smartphones ab und wies dann in Richtung Parlament. Das Team bewegte sich zu den Plenarsälen.

Debo hatte das Smartphone noch in der Hand, als im Gang eine Tür auf ging und Erdo Sas aus dem

Raum kam. Das trifft sich ja gut, dachte der junge Radiomitarbeiter. Er hob schnell die Hand zur Aufnahme und steuerte auf den Politiker zu.

„Herr Sas! Hier Radio Metropol. Was sagen Sie zum Verschwinden von Präsidentin Danir, ihrer Sicherheitsbeamtin und den Schüssen in der Innenstadt?"

Erdo blinzelte kurz, dann blieb er stehen. „Dazu kann ich – noch – nichts sagen. Ich nehme an, wir haben auch keine besseren Informationen als Sie."

„Die Überwachungskameras sollen ausgefallen sein", sagte Debo.

„Das ist merkwürdig. Aber hoffen wir, dass ihnen nichts passiert ist!", sagte Erdo mahnend. Er trat einen Schritt zurück. „Es tut mir leid, ich habe einen Termin."

„Natürlich. Vielen Dank." Der Journalist beendete die Aufnahme. Einen Versuch war es wert gewesen. Debo würde gleich der Staatssekretärin Fragen stellen, er ließ Erdo ziehen und machte sich auf den Weg zu seinen Interviewpartnern. Erdo hatte seinen Sicherheitsbeamten erreicht und verließ das Gebäude.

12

Das Taxi fuhr aus den Wohngebieten von Ers heraus, bald würde es über Landstraßen nach Otors gehen. Sie hatten nichts mehr gesprochen, der Taxifahrer fragte sich vermutlich auch, was er sagen sollte. Sinins Herz pochte immer noch. Sie war zweimal attackiert worden. Ok, vielleicht hatte Chana sie verraten. Aber dass auch ein Polizeibeamter auf sie geschossen hatte, war ihr unerklärlich. Mit wem hatte sie es zu tun? Sie wusste es nicht, und es machte ihr Angst.

Die Präsidentin starrte durch ihre Sonnenbrille aus dem Wagen, am Himmel sammelten sich Wolken. Die Landschaft rauschte vorbei und sie versuchte, klare Gedanken zu fassen. Der Taxifahrer war ihr Strohhalm. Sollte sie vielleicht nicht ... sie überlegte. Das Taxi erreichte die Landstraße nach Otors. Es durften noch fünfzehn Kilometer bis dorthin sein.

Ein paar Minuten später war ihr ihr Hauptziel deutlich bewusst – die Attentäter durften sie nicht kriegen! Und wie konnte sie das erreichen? Auch Taxis konnten geortet werden, das war ihr inzwischen klar geworden. Verdammt. Im Navigationssystem wurden noch neun Kilometer bis zum Ziel angezeigt. Sie musste das Taxi verlassen. Zu Fuß weiter? Ihr Smartphone war zwanzig Kilometer entfernt. Wenn sie zu Fuß unterwegs war, sollte sie nicht zu orten sein. Sie traf eine Entscheidung.

„Halt! Stopp!“, rief sie.

Das Navi zeigte acht Kilometer bis zum Ziel an. Noch zwei Stunden bis Mittag.

„Was ist?“, fragte der Fahrer.

„Ich will raus!“, sagte Sinin nervös.

„Aber ... hier ist doch nichts?“

„Egal.“ Sie wollte ihren Plan nicht verraten. „Lassen Sie mich raus! Ich habe Sie bezahlt!“

„Ok, ok ...“, sagte der Fahrer beruhigend und hielt an.

Sinin löste den Sicherheitsgurt.

„Passen Sie auf sich auf!“

„Ja ...“, antwortete Sinin geistesabwesend. Sie prüfte, ob sie alles dabei hatte, öffnete die Tür und stieg aus. Kalte Luft schlug ihr entgegen, es begann zu nieseln. Wenn sie nicht zu orten sein wollte, musste sie die acht Kilometer bis Otors zu Fuß laufen. Dann hatte sie eine Chance zu entkommen. Dieses Ziel gab ihr Hoffnung. Also, der Landstraße folgen. Das Taxi wendete, sie zog ihre Kapuze hoch und lief am Rande der Fahrbahn los.

13

Vor einem stattlichen Einfamilienhaus in der Vorstadt Elpano hatte sich ein Kamerateam versammelt. Die letzten Vorbereitungen zur Liveaufnahme liefen. Der Journalist Teder Tsadag stand vor der Haustür des Gebäudes. Er erhielt ein Handzeichen. Alles war bereit. Und Liveaufnahme! Er sprach ins Mikrofon.

„Willkommen zu einer neuen Ausgabe von ‚Politiker Togons' live in unserer Hauptstadt. Heute berichten wir aus Elpano. Wir wollen einen recht bekannten Politiker porträtieren. Ich drücke auf die Klingel ..." Ein leises Signal drang durch die Haustür nach draußen. Nach einem kurzen Moment wurde sie von Erdo Sas geöffnet.

„Guten Tag, Herr Sas!"

„Guten Tag, Herr Tsadag!", antwortete Erdo mit einem leichten Lächeln.

„Wir wollen heute in unserer Reihe Politiker Togons etwas von Ihnen erfahren, aus Ihrem Leben, den Menschen hinter dem Politiker kennenlernen!"

„Gerne. Kommen Sie rein!", antwortete der Oppositionsführer und ließ das Kamerateam in die Wohnung. Am Ende des Flurs standen seine Frau und sein siebenjähriger Sohn und betrachteten aufmerksam das Redaktionsteam.

„Darf ich vorstellen, das sind meine Frau Dena und mein Sohn Ott."

„Hallo!", grüßte Teder die beiden.

Dena lächelte und begrüßte ihn.

„Ja, hier ist mein Zuhause. Nach einem langen Tag kehre ich hierher zurück", sagte Erdo und legte einen Arm um Dena. „Wollen wir nicht ins Wohnzimmer gehen?"

„Gerne", nahm Teder an. Die Gruppe an Technikern und der Kameramann folgten ihm. Teder und Erdo setzten sich an einen Tisch.

Der Journalist erzählte in die Kamera: „Erdo Sas, der Oppositionsführer, stammt aus ärmlichen Verhältnissen, machte aber einen Meister in Metallverarbeitung und führte einen zehnköpfigen Betrieb in Ers. Herr Sas, wie kamen Sie von da zur Politik?"

„Als Schlosser und später Geschäftsführer habe ich durch die vielen Menschen, denen ich begegnet bin, und durch meine Herkunft ein Bild davon bekommen, was in Togon schiefläuft. Und das will ich, wenn ich gewählt werde, ändern!"

„Sie wohnen hier mit Ihrer Frau und Ihrem Sohn in Elpano-Merkett. Wie haben Sie sich kennengelernt?"

„Kurz nach den Kriegen vertrat sie einen Kunden bei einem Auftrag meines Vaters – ich habe sofort gemerkt, sie muss es sein!" Er lächelte seine Frau an. „933 kam dann unser Sohn zur

Welt – es gibt nichts Schöneres als die Familie! Wir von der Stimme für Togon werden uns dafür einsetzen, dass Partnerschaften zwischen Mann und Frau besser gefördert werden. Die Familie ist der Kern unseres Landes!“

Erdo gab Ott ein Spielzeug in die Hand: „Ott, wir machen hier noch eine Weile weiter mit der Aufnahme. Erwachsenenkram.“ Er lächelte. „Geh noch etwas spielen, ich komme danach zu dir.“

Ott nickte, nahm das Spielzeug und lief in die hinteren Räume.

„Herr Sas, Sie sind Fraktionsvorsitzender der Partei Stimme für Togon. Wie wir berichteten, gab es einen Flügelstreit in Ihrer Partei, der aber gelöst ist. Was hat Ihnen am meisten geholfen, den Streit zu beheben?“

„Am Ende eint uns doch: Wir wollen die unsägliche Politik der Regierung beenden, der Wirtschaft den Freiraum geben, den sie braucht, dem Volk wieder sichere existenzielle Realitäten geben. Dadurch kommen wir immer wieder zusammen. Und wir werden es schaffen.“

„Ok! Wir schalten kurz zur Werbung, dann kommen wir wieder zu Erdo Sas zurück.“ Der Kameramann hob die Hand, senkte sie wieder und beendete damit die erste Liveaufnahme. Erdo las zwischendurch die neuesten Umfragen auf einem Tablet. Einige Stimmungsbarometer hatten ergeben, dass Erdos Partei sogar stärkste

Kraft werden könnte. Der Vorsitzende legte das Gerät nachdenklich zurück in ein Regal.

14

Ula saß mit Headset an ihrer Konsole. Sie hatte heute vier Stunden zugesagt, und jemanden um Rückruf gebeten, um Schaden für die Organisation zu vermeiden. Das kam vor. Es gingen manchmal mit manchem die Pferde durch, aber das würde sie schon hinbekommen. Der Raum war abgedunkelt, die Displayanzeige heruntergeregelt. Sie ließ ein Programm kurz einen Sicherheitscheck durchführen – alles ok soweit und verschlüsselt. Der Rückruf wurde angezeigt.

„Nes?" Ula wartete die Rückmeldung ihres Gesinnungsgenossen ab. „Was habt ihr vor?" Ruhig und aufmerksam hörte sie zu. Die entschlüsselte Antwort war in etwa das, was sie erwartet hatte. „Nes. Ich kann euch ja verstehen. Aber jetzt keinen Zugriff. Wir müssen noch in Deckung bleiben. Es sind noch zu wenige Polizisten auf unserer Seite!"

Nes erwiderte etwas.

„Nein. Keine Alleingänge! Der Krieger hat noch nicht zugestimmt. Also nichts in der Art! Klar? Ruhig Blut. Denk dran – die Säuberungen werden schon kommen."

Ein paar Sekunden später ergänzte sie: „Genau. Also. Notfalls rufst du mich wieder an. Ok? Verklicker' das deinen Leuten. Tschau."

Ok. Das könnte geschafft sein. Ula trennte die Verbindung und trank aus ihrem Wasserglas. Sie würde ihre Leute schon in der Spur halten, sie würde aufpassen. Ula prüfte nach, was im Channel sonst noch so los war.

15

Es war später Vormittag, als Som Tebendar aufstand. Der Mittvierziger begann einen normalen Tag. Er schaute im Bad kurz in den Spiegel. Glatze saß, Haut bläulich, Bart leicht angegraut – passte. Heute würde ein interessantes Päckchen ankommen.

Summend ging er in die Küche seines kleinen Hauses und steckte die Toastscheiben in den Toaster. Fernseher an? Heute mal nicht. Jetzt eine Tasse frischen Nemech aus der Maschine. Kurz gab er seine Anforderungen ein, dann startete das Gerät. Woher kam der Nemech eigentlich? Bestimmt von Außerirdischen, dachte er und grinste. Und nun die bunten Pillen ... er holte vier Packungen aus der Küchenschublade und sortierte die Tabletten in seinen Dispenser. Was sein musste, musste sein. Er schluckte sie mit einem Glas Wasser. Schließlich nahm er Toast, Nemech und seinen grünen Brotaufstrich mit und setzte sich zum Frühstück an den Tisch. Laut der digitalen Nachricht sollte in einer Stunde das Päckchen geliefert werden. Eigentlich hätte er auch noch eine neue Outdoorjacke bestellen müssen, die alte war schon stark abgenutzt. Später im Verkaufsportal bestellen, machte sich Som eine gedankliche Notiz und biss in seinen Toast. Der Verschlag im Hof musste auch repariert werden. Das war eine gute Beschäftigung. Er schaute von seinem hölzernen Küchenstuhl auf die Betriebsleuchte seiner Alarmanlage, die heute Nacht nicht ausgelöst hatte. Musste ja auch mal besser werden mit den Diebesbanden.

Nach dem Frühstück fühlte er sich recht fit, wollte aber auf die Lieferung warten. Er setzte sich ins Wohnzimmer auf die Couch und betrachtete den Raum. Das Haus hatte er vor acht Jahren renoviert gekauft und noch keine weitere Renovierung durchgeführt. Er besaß einige alte Möbel, aber sie hatten ihre Ordnung. An sich reichte ihm alles noch. Es gab größere Häuser, aber als Alleinstehender brauchte er nicht mehr. Er hatte sich gut eingerichtet, der Tag lief. Endlich, die Türglocke. Er ging an die Tür.

„Hier bitte eine Verifikation." Som verband sein Smartphone kontaktlos mit dem Gerät des Paketboten, sendete seine Verifikation – und geschafft.

„Schönen Tag noch!", sagte er zu seinem etwas beleibteren Gegenüber, bekam ein „Ebenso!" und begab sich mit dem Paket ins Wohnzimmer. Jetzt wurde es spannend.

Die Lieferung bestand aus einer modernen Hardwarefirewall mit leichten AI-Fähigkeiten, die Som auf Schwächen testen wollte. Seit er hierhergezogen war, frischte er sein professionelles IT-Wissen regelmäßig an den Geräten in seinem

Computerzimmer auf. Die Hardware konnte er sich von seinem Existenzeinkommen und der kleinen Rente immer noch leisten – trotz allem. Er reiste kaum, hatte kein Auto und begab sich nur ab und zu mit dem Zelt in die Natur. Damit kam er zurecht.

Som nahm die Firewall mit der einen Hand und verkabelte sie mit seinen Geräten. Er schaltete den Hauptrechner an.

„Also, was kannst du ...", murmelte er und startete ein Netzwerkprogramm. Wie konnte er sie aushebeln?

16

Sinin hatte Otors schon vor einer halben Stunde erreicht, es nieselte immer noch. Sie versuchte sich endlich der Frage zu stellen, was sie nun wirklich tun konnte. Zu wem konnte sie gehen? Am besten gar nicht zurück, war ihr erster Gedanke. Sie hatte kein Smartphone mehr, also auch keine Bezahlmöglichkeit. Dafür war sie hoffentlich vorläufig aus der Schusslinie. Durch die erste Siedlung in Otors war sie gelaufen, um noch mehr Abstand zu möglichen Verfolgern zu erreichen. Jetzt brauchte sie Hilfe. Aber von wem? Der Gedanke flößte ihr Angst ein, etwas in ihr forderte, niemandem zu vertrauen. Nun, es war nass, und sie musste eine Pause machen. Sie war an der zweiten Siedlung angelangt. Etwas abseits sah sie ein älteres Haus mit einem kleinen Hof. Ein Holzverschlag und zwei Mülltonnen standen seitlich vom Haus. Also, was tun? Sie überlegte und entschied sich, hinzugehen. Immer noch fühlte sie sich aufgeputscht und ausgelaugt zugleich. Würde ihr jemand helfen? Vielleicht konnte ihr irgendjemand eine Telefonkarte geben. Sie erreichte das Haus und öffnete das Gartentor. Sollte sie wirklich klingeln? Unschlüssig und ermattet blieb sie stehen. Sie war am Ende ihrer Kraft. Aber sie würde es probieren.

Gleich.

Noch mal Luft holen.

17

In seinem Computerzimmer im ersten Stock hatte Som die Firewall noch nicht geknackt. Gutes Gerät. Aber er würde schon dahinter kommen – kein System war vollkommen sicher. Als er den Test-PC ausschaltete, erklang plötzlich ein helles Surren – die Alarmanlage. Som öffnete das Statusprogramm auf dem Smartphone. Jemand war seit zwei Minuten vor der Türe, ohne zu klingeln. Wer war das? Schon wieder Diebe? Die Kamera zeigte durch den Regen eine Gestalt, die sich nicht rührte. Mist, dachte Som. Was sollte er tun? Er musste die Lage prüfen. Und wenn es eine Bande war, dann musste er den Angriff resolut abwehren. Er ging in den kleinen Flur. Besser das Gewehr mitnehmen, mahnte er sich. Im Nebenraum schloss er den Schrank auf, in dem die Waffe verwahrt war. Som steckte ein Magazin hinein. Vielleicht könnte er durch den Seiteneingang nach draußen, man würde damit rechnen, dass er durch die Vordertür kam. Ok. War er bereit? Er musste wohl.

Sinin stand immer noch erschöpft vor der Eingangstür. Sie war zwei Stunden gegangen, und sie war in den letzten zweihundertvierzig Minuten an ihre Grenzen gelangt. Sollte sie wirklich klingeln? Sie verharrte unschlüssig.

„Keine Bewegung oder ich schieße!“, rief Som von der Seitentür aus mit der Waffe im Anschlag.

Sinin zuckte, wandte den Kopf ab.

Die Außenbeleuchtung zeigte Som eine kleinere Person, im Regen, in sich zusammengesunken, nur mit letzter Kraft stehend.

Mit brüchiger Stimme sagte sie: „Nein ... bitte ... nicht ...“ und blieb weiter stehen.

Som dachte nach. So richtig gefährlich schien das nicht zu sein. Durch den Regen versuchte er, das Gesicht zu erkennen. Er erschrak. Er hatte gestern noch die Nachrichten gesehen. Das war doch nicht ... „Frau ... Danir?“

Sie wandte sich ihm etwas zu.

„Was in aller Welt ...?“ Er ließ die Waffe sinken.

Sinin sagte nichts, sah ihn nur an.

Som schaute ihr noch mal ins Gesicht. Es gab keinen Zweifel. „Meine Güte! ... es ist kalt. Kommen Sie rein – Sie holen sich ja noch sonst was!“

Sinin rührte sich nicht von der Stelle.

„Nun kommen Sie!“, sagte Som erneut und zeigte mit der freien Hand in den Flur. In der anderen Hand hielt er immer noch die Waffe. Vielleicht hat sie Angst, dachte er und ging ein paar Schritte ins Haus, um das Gewehr wegzustellen. Dann kehrte er unbewaffnet zurück.

„Keine Gefahr!“, sagte er freundlich. „Sie können kommen!“

Sinin überlegte. Sie hatte nicht geklingelt, aber

hier gab es vielleicht doch Hilfe, und sie fror. Trotz ihrer Zweifel überwand sie sich und folgte ihm vorsichtig ins Haus.

„Kommen Sie ins Wohnzimmer. Ach, ich habe mich noch nicht vorgestellt: Som Tebendar. Ich wohne hier schon 'ne Weile." Er ging voran.

Sinin blieb stehen. Som drehte sich zu ihr um. „Kommen Sie!" Sein unangekündigter Besuch folgte ihm nach kurzem Zögern.

Som überlegte, was er tun konnte. Sie sollte sich am besten aufwärmen. Aber es gab viele Fragen! Im Wohnzimmer bot er ihr das Sofa an.

Misstrauisch, ja argwöhnisch setzte die Politikerin sich hin. Som holte sich einen Stuhl, sodass sie beide gut am Wohnzimmertisch Platz hatten. Er räusperte sich.

„Frau Präsidentin, wie kommen Sie hierher, alleine? Ist was passiert?"

Sinin dachte an die Attentate und spürte, wie sich etwas in ihr zusammenzog. Das fühlte sich nicht gesund an! Sie versuchte es zu unterdrücken. Som hatte gefragt, aber sie blickte ihn mit schreckstarren Augen an und antwortete nicht.

Som erkannte, dass er auf seine Frage jetzt keine Antwort bekommen würde. Er wartete etwas. Hatte Frau Danir einen Schock? Vielleicht sollte sie sich stärken. „Möchten Sie was essen?"

Sie blinzelte und schaute ihn verängstigt an. Som dachte nach. Jetzt bloß nicht drängeln. Trotzdem beschloss er, sie erst einmal nicht ohne Hilfe zu lassen.

„Möchten Sie eine Suppe? Ne schöne, warme Suppe?“ Er hatte dreimal zwei Liter Gemüsesuppe in seiner Gefriertruhe. Er schaute freundlich in ihre Richtung und wartete.

Sinin kam sich fremd vor, fühlte sich nicht wohl in ihrer Haut. Das konnte doch alles nicht wahr sein! Ihr war kalt. Eine Suppe könnte sie echt gut gebrauchen, merkte sie. Sie nickte Som zu.

„Wunderbar! Ich taue was auf.“ Soms besorgte Miene hellte sich auf. Die Gemüsesuppe würde es tun. „Ich bin gleich wieder da!“, sagte er zuversichtlich und ging in die Küche.

18

Das Wohnzimmer war in behagliches Licht getaucht, Sinin und Som saßen am Tisch und löffelten die Suppe. Man hörte leise das Klicken der Löffel auf den Tellern. Er hatte ihr eine Decke gebracht. Aber Sinins Furcht war noch nicht verschwunden – ein misstrauischer Blick, ein Löffel, ein misstrauischer Blick. Som wunderte sich. Was war ihr passiert? Vor ihm brauchte sie doch keine Angst zu haben. Er bemerkte den Riss in ihrer Jacke. Ob sie sich verletzt hatte? Sollte er es ansprechen? Nein, entschied er schließlich, lass sie sich am besten erst mal beruhigen. Er könnte später noch etwas sagen, wenn es nötig wäre, und seinen Erste-Hilfe-Kasten holen.

Sie aßen weiter.

Schließlich war Sinin fertig mit ihrer Suppe. Um sie nicht noch mehr zu belasten, nahm er sich vor, nicht nach der Ursache für ihre Panik zu fragen. Sie sollte wohl erst einmal schlafen.

„Ok … also wenn Sie erst etwas Zeit brauchen, bleiben Sie einfach noch hier! Ich habe eine Isomatte."

Sinin nickte. „Ich musste mein Handy wegwerfen, deshalb komme ich im Moment nicht an mein Geld", sagte sie.

Momentan brauchten wir kein Geld, dachte Som. „Kein Problem! Wir haben ja erst mal alles da. Wenn Sie wollen, drücken Sie auf die Fernbedienung auf dem Tisch – der Fernseher hat Musikfernsehen." Er verließ den Raum.

Sinin schaute sich um, sie sah ältere Möbel, viele aus hellem Holz, zwei recht moderne Bilder, den großen Fernseher. Alles schien ihr irreal. Sie erinnerte sich – als Som sie nach dem Angriff gefragt hatte, hatte sich in ihr etwas zusammengezogen. Das war neu! Auch jetzt waren Gedanken daran heikel. Das durfte nicht überhandnehmen. Was sollte sie dagegen tun? Sie wusste es nicht genau. Sie würde sich ausruhen, etwas Musik hören, Zeit gewinnen. Hoffentlich kommt das nicht wieder, dachte sie.

Wieder zurückgekehrt legte Som die provisorische Schlafgelegenheit auf den Boden. Morgen konnte er fragen, was passiert war. Musste wohl ein ganz schönes Ding gewesen sein! Er legte die Decke zurecht und stellte den Erste-Hilfe-Kasten auf einen kleinen Tisch. „Hier, wenn Sie sich verarzten müssen. Da ist Mull mit zwei seitlichen Klebestreifen drin."

Sinin schaute kurz auf das Notfallset. Er stellte eine Flasche Wasser und ein Glas daneben.

„Alles ok so?"

Sie sah ihn unverwandt an, offenbarte ihm ihre Angst. Som bemerkte es, aber es wunderte ihn nicht – es passte zu ihren Reaktionen zuvor.

„Sehen wir morgen weiter", sagte er beruhigend. Er ging zur Tür.

„Danke", sagte Sinin.

„Keine Ursache. Wenn Sie was brauchen, melden Sie sich. Schlafen Sie gut", antwortete Som mit einem leichten Lächeln. Er drehte sich um und verließ den Raum.

Sinin atmete aus. Langsam beruhigte sie sich. Soms Freundlichkeit ließ sie nachdenken. Hier war sie sicher, so schien es. Gleich konnte sie Musik hören. Der Arm schmerzte nur noch leicht, aber sie entschied, danach zu schauen. Sie öffnete das Notfallset und fand ein Wundspray.

19

Die Nacht war recht klar und man sah vom Fenster des Schlafzimmers im ersten Stock ein paar Sterne. Som lag wach in seinem Bett und dachte nach. Was war Präsidentin Danir passiert? Ein Überfall? Die Nachrichten lieferten nur neue Fragen. Sie war ganz allein. Was war mit ihrem Sicherheitspersonal? Doch so viel Som auch nachdachte, er wurde nicht schlauer. Schien eine kompliziertere Sache zu sein. Aber offensichtlich ein Notfall! Da wollte er helfen. Som schaute aus dem Fenster zum Wald. Er hoffte, sie würde morgen mehr erzählen.

Es war das erste Mal seit Langem, dass jemand hier war. Ehrlich musste er zugeben, dass ihn das etwas in seiner Ruhe störte. Er hatte die Einsamkeit gesucht. Aber dies hier schien ein Notfall zu sein, und er wollte helfen. Nun gut. Es war möglich, morgen Neues zu erfahren. Er stellte für sich den Wecker des Smartphones auf frühmorgens, drehte sich um und wartete auf Schlaf.

20

Es war spätabends am Telen Opas, dem kleineren der beiden Flughäfen in Ers. Im Parkhaus für Fluggäste schien warmes LED-Licht, auch am Abend war hier recht viel Betrieb. Bero Tos, der Taxifahrer, der Sinin aus der Hauptstadt gefahren hatte, lenkte seinen Wagen auf einen Dauerparkplatz. Sein langersehnter Urlaub hatte begonnen, Bero würde den Flieger in ein wohlbekanntes Touristenparadies nehmen. Diese Reise hatte er schon länger gebucht. Der Togoner war guter Dinge, endlich würde er seine Auszeit nehmen. Es sah so aus, als ob es klappen würde.

Als er den Motor seines Taxis ausschaltete, dachte er an den Vortag zurück. So eine krasse Fahrt hatte er selten erlebt. Hoffentlich war die Frau gut angekommen. Sie war tatsächlich auf der Landstraße ausgestiegen. Nun, er konnte die besonderen Umstände verstehen, man wurde schließlich nicht öfters beschossen. Was wohl der Grund gewesen war ... komische Geschichte. Gestern hatte er noch gepackt und kein Fernsehen gesehen. Den Schuss auf sein Taxi hatte er nicht mehr gemeldet. Was danach passiert wäre, wusste er nicht genau – Ärger mit den Behörden? Jedenfalls war er selbstständiger Subunternehmer, das Fahrzeug gehörte ihm, und er würde es seinem Chef schon noch mitteilen, jedoch erst nach der Reise. Er war jetzt erst einmal raus. Bero stieg aus dem Wagen und bezahlte seinen Parkplatz mit dem Smartphone. Etwas weiter hinten sah er eine kleine Familie ihr Gepäck ordnen, wohl ebenfalls für ihren Urlaub. Es war so weit. Bero nahm seine beiden Reisetaschen aus dem Kofferraum und schloss den Wagen ab. Hatte er alles dabei? Er nahm die Taschen und begab sich leise pfeifend auf den Weg zum lange ersehnten Einchecken.

21

Im Polizeihauptquartier von Ers herrschte stille Betriebsamkeit. Trotz später Stunde versuchten vierzehn Beamte der Sonderkommission Danir den Verbleib der Präsidentin zu ermitteln. Der vorgesetzte Commander Redo Arada ging in Gedanken nochmals die Informationen durch, die sie hatten. Seit gut sechsunddreißig Stunden wurde die Präsidentin vermisst, ebenso zwei ihrer Sicherheitsbeamten. Der Fahrtenschreiber der Präsidentenlimousine war untersucht worden, im Innenraum war ein Schuss gefallen und die Fahrzeugtür war hinten, wo Frau Danir gesessen hatte, geöffnet worden. Nach dem Vorfall in der Magistratenstraße gab es keine weiteren Informationen über ihren Aufenthalt. Genau zu dieser Zeit fielen die Überwachungskameras aus, die Ursache wurde noch ermittelt. Diese drei Dinge machten Arada ernsthaft Sorgen. Wo war die Präsidentin? Was hatten sie noch? Er dachte nach. Drei Kilometer weiter nördlich, in Ers, hatten sie das Präsidentensmartphone über den Ortungslink gefunden. Es war wirksam verschlüsselt wie jedes Handy der Regierung, aber der Entsperrcode vom Vizepräsidenten des Landes sollte jeden Moment eintreffen. Abgesehen davon traten sie auf der Stelle, und jede weitere Stunde ohne Ergebnis würde zu weiteren Unwägbarkeiten führen! Aber momentan mussten sie abwarten.

Einige Minuten später verließ Hauptkommissar Nomas seinen Schreibtisch und ging den kurzen Weg bis zum Arbeitsplatz seines Commanders. Arada sah auf.

„Commander! Wir haben den Entsperrcode!", berichtete Nomas. „In wenigen Minuten könnten wir weitere Informationen aus dem Smartphone bekommen. Die Techabteilung sitzt schon dran."

„Gut! Ich möchte jede Neuigkeit sofort erhalten!", antwortete Arada.

„Natürlich", sagte der vollschlanke Hauptkommissar und begab sich wieder an seinen Platz. Arada machte eine Notiz an seinem Computer.

Etwas später saßen Nomas und ein Beamter aus der Techabteilung bei Arada am provisorischen Arbeitsplatz und berichteten.

„Es ist so: Die Präsidentin hat nach dem Verlassen des Fahrzeugs einen präsidialen Notruf abgegeben. Das Gespräch haben wir, es beinhaltet aber nur die weiteren Anweisungen zum Notfall. Der wurde um 9.44 von unserem System erfasst und auch bearbeitet."

„Aber dann haben wir massive technische Probleme", sagte Tar, der Beamte aus der Techabteilung. „Es scheint, als ob es einen Eingriff in unser System gegeben hätte. Doch ich habe keine weiteren Informationen herausbekommen. Entweder es ist technisches Versagen oder ein professionelles Löschen."

Arada dachte einen Moment nach. „Die Überwachungskameras, dann unsere Systeme, ‚technische Probleme‘ ... das stinkt doch zum Himmel!“, sagte er gepresst. „Ich möchte, dass die an diesen ‚technischen Problemen‘ dranbleiben! Unser System muss sauber bleiben! Und wir sollten einen Aufruf an die Bevölkerung ausgeben mit dem Fundort des Präsidentenhandys.“

„Sollen wir die nähere Umgebung durchsuchen lassen?“, fragte Nomas.

„Vorerst nicht. Das ist immer noch Ers, da wohnen Zehntausende! Das kostet zu viel Zeit. Ich denke, ein Aufruf und die Aufklärung dieser technischen Probleme führen uns effizienter zum Ziel.“

„Ok, Commander.“ Die beiden Beamten standen auf und verließen Aradas Bereich, um weiter zu ermitteln.

22

Noch bevor die Sonne aufgegangen war, stand Som auf und ging in die Küche. Er schaute im großen, grauen Kühlschrank nach und stellte fest, dass er noch eine gute Menge an Lebensmitteln auf Vorrat hatte. Vielleicht hatte Frau Danir ja bald Hunger. Aber erst schlurfte er über die sandfarbenen Fliesen zum Getränkegerät und machte sich ein Nemech. Damit setzte er sich an den Küchentisch, trank und vertrieb die Müdigkeit aus seinem Bewusstsein. Er nahm ein Tablett und arrangierte ein paar Lebensmittel. Sie soll ja ausreichend versorgt sein in diesem Hotel, dachte er und grinste ein wenig. Und dann mal sehen, was sie erzählen würde.

Sinin schien noch zu schlafen. Er machte sich ein zweites Nemech und stellte das Radio auf einen Sender mit Musik nonstop zum Beginn des Tages.

Schließlich öffnete sich ein kleiner Spalt der Wohnzimmertür und Sinin kam in die Küche. Sie trug immer noch den Blazer mit dem Riss am Arm, ihre Haare waren etwas zerzaust.

„Morgen!“, grüßte Som fröhlich.

„Morgen“, kam es etwas verschlafen zurück.

Er wollte sie auf keinen Fall überfordern, wies nur mit der Hand auf die Lebensmittel und den Stuhl davor. „Haben Sie Hunger?“

„Etwas ...“, sagte Sinin leise.
„Was hätten Sie denn gerne?“

Nachdem sie fast schweigend gefrühstückt hatten, Som mehr, Sinin etwas weniger, räumte Som den Tisch wieder ab. Als er den Kühlschrank geschlossen hatte, setzte er sich zu Sinin. Er trank einen Schluck, als sie fragte: „Was machen Sie hier draußen in Otors?“

Som überlegte. Sollte er seine ganze Geschichte erzählen? Er entschied sich dafür, schließlich wollte er von ihr auch die Wahrheit berichtet bekommen.

„Ich lebe seit acht Jahren hier. Ich bin IT-Experte, im Ruhestand. Vorher ...“, er holte etwas Luft, „haben Nera, meine Lebensgefährtin, und ich ein Haus in Ers gesucht. Wir kannten uns seit dem Studium. Wir wollten eine Familie gründen.“ Er schaute aus dem Fenster. „Sie ist gestorben. Sie wurde krank und ist gestorben. Innerhalb von vier Wochen. Es war unheilbar.“

Sinin schaute ihn erschrocken an. „Das ... das tut mir leid.“

Soms Blick löste sich vom Garten. „Ich hab’s probiert. Ich hab’s nicht ausgehalten. Schließlich musste ich raus aus der Stadt, weg von den Erinnerungen. Ich ließ mich frühverrenten, nahm das Ersparte und zog hierher, in dieses Haus.“

Gespannt hörte Sinin ihm zu.

„Und hier trinke ich meinen Nemech und knacke manchmal neue Sicherheitshardware. Um ein bisschen fit zu bleiben."

Sinin sagte: „Das war ein Jahr vor dem bedingungslosen Existenzeinkommen."

„Ja", sagte Som. „Das hat es dann vereinfacht."

Sie schwiegen eine Weile.

„Wie stehen Sie zur weltweiten Gesundheitsfürsorge?", fragte Sinin.

„Wieso?"

„Ist das – rausgeschmissenes Geld?"

Som überlegte kurz. „Nein. Jeder sollte einen Anspruch darauf haben. Vor Krankheiten sind wir alle gleich."

Sinin neigte den Kopf. „Und gilt das auch für Flüchtlinge?"

Som musste innerlich lächeln. Das war sein Gegenüber vielleicht – ein Flüchtling!

„Eine grundlegende Versorgung sollte für alle da sein. Das ist Menschenrecht."

Sinin war mit der Antwort zufrieden. Som wartete einen Moment, dann schaute er sie an. „Frau Danir. Was ist passiert?"

Sinin zwinkerte, blickte etwas unsicher umher. Ich werde meine Angst kontrollieren, immer wieder, ich werde mich nicht überrollen lassen von ihr, nahm sie sich innerlich vor. Sie atmete tief ein.

„Sie …“, Sinin schaute ihn an, „… haben auf mich geschossen. Meine Sicherheitsbeamten. Zweimal! Verschiedene! Ich musste schnell weg.“

„Sollen wir die Polizei rufen?“, fragte Som ruhig.

„Nein, nein, es waren Polizisten, die auf mich geschossen haben – ich weiß nicht, wem ich trauen kann!“ Sinin holte Luft.

Som dachte nach. Das war kompliziert. Nicht die Polizei holen. So wie er sie erlebt hatte, glaubte er ihr. Sie brauchte Hilfe.

„Wir sind hier in Otors, Frau Danir, sogar außerhalb des Zentrums. Wenn Sie wollen, können Sie ein paar Tage hierbleiben. Kommen Sie erst mal runter. Und dann machen wir einen Plan. Ok?“

„Ok“, sagte Sinin und blickte zu Boden. Sie hatte ihm den Angriff mitgeteilt, und das gab ihr etwas Raum.

Som überlegte. Sie würde Kleidung brauchen. Aber immerhin, ein paar Karten waren schon auf dem Tisch. Vielleicht würde sie den Rest auch noch aufdecken. Die Zeit bis zum Mittag gönnen wir uns eine Pause, dachte er. Dann müssen wir die Situation näher beleuchten.

„Wenn Sie sich beruhigen und etwas ablenken wollen: Ich kann Ihnen einen Laptop ins Wohnzimmer stellen, mit Internet. Ja?“

„Ok“, sagte Sinin und sah ihn dankbar an. Langsam bewegte sich in ihr etwas heraus aus der Panik. Hier schien sie erst einmal sicher zu sein.

„Ich hole das Gerät.“ Som verließ die Küche.

In seinem Computerzimmer suchte er ein halbwegs modernes Laptop mit gehärtetem Browser. Dann konnte sie surfen. Er klappte ein passendes Notebook auf, ließ es hochfahren und gab ihm ein Passwort für Sinin. Sehr schön, dachte er und ging ins Wohnzimmer, um es aufzustellen. Eine Gefährdung hier in seiner Wohnung war wohl erst einmal nicht gegeben.

Sinin hatte im Wohnzimmer einen Kanal mit ruhiger Musik gefunden. Vielleicht würde alles besser werden, da sie nun Som von den Attentaten berichtet hatte, dachte sie. Sie hatte das Gefühl, er war der richtige Ansprechpartner. Ein Einsiedler, aber seine Freundlichkeit tat ihr gut. Er hatte auch einiges durchgemacht. Hoffentlich gab es eine Lösung für das alles. Im Fernsehen spielten sie ein schnelleres Lied, sie stellte es etwas leiser. Wie konnte sie zurückkehren und wieder Präsidentin sein? Das war die Frage. Aber vielleicht gab es Hilfe.

Som klopfte, sie sah vom Fernseher auf.

„Ihr Passwort ist Ihr vollständiger Name ohne Leerzeichen, pro Wort großgeschrieben und mit

Ausrufezeichen am Ende. Sie sind gerade eingeloggt", erklärte ihr Som.

„Danke", sagte Sinin.

„Ich muss noch ein paar Dinge in der Wohnung erledigen", sagte Som. „Bis später!"

In der Küche setzte er sich hin und dachte nach. Zu Mittag hatten sie genug da. Sollte er sie in die Stadt schicken, sodass sie Dinge wie Unterwäsche einkaufen konnte? Nein, zu gefährlich. Sie konnten es per Express online bestellen. Dann wäre es morgen da. Sein Schnelltrockner konnte gewaschene Wäsche schnell wieder einsatzfähig machen. Gut. Wahrscheinlich sind wir hier sicher. Er konnte eine kleine Pause machen.

Zwei Stunden später bereitete er das Mittagessen vor. Er hatte seinem Gast Vorschläge gemacht, jetzt taute er die nötigen Zutaten auf. Sinin war im Wohnzimmer geblieben. Nach der Mittagspause sollten sie die Bedrohungslage weiter besprechen, hatte sie vorgeschlagen. Das wird interessant, dachte Som. Er hatte die Nachrichten gesehen. Es war von Schüssen in der Innenstadt und ausgefallenen Überwachungskameras die Rede gewesen. Merkwürdig, dass anscheinend an beiden Orten die Überwachungskameras ausgefallen waren. Wenn die Polizei unterwandert war, konnte es heikel werden. Aber ein Schritt nach

dem anderen, hielt er sich zurück. Zuerst das Essen. Es würde bald fertig sein.
Nach dem Essen zogen sich beide für eine kleine Mittagspause zurück. Som stand auf und trat aus seinem Schlafzimmer. Sinin war auch schon wach.

„Ich weiß nicht, an wen ich mich wenden soll. Jeder könnte umgedreht worden sein! Und meine Eltern sind alt, ich kann sie da nicht mit reinziehen." Sinin schien verzweifelt.

„Haben Sie denn eine Vermutung, woher die Aktionen kommen könnten? Wer hat ein Interesse, Ihnen zu schaden?"

„Es könnte das organisierte Verbrechen sein. Ich hatte vor einem Jahr ein scharfes Antikorruptionsgesetz durchs Parlament bekommen. Damit habe ich mir bei manchen keine Freunde gemacht. Oder ...", sie hielt kurz inne, „... den Populisten um die Stimme für Togon wird ein illegaler Arm nachgesagt. Es wurde nie bestätigt, aber Gerüchte gibt es."

„Stimme für Togon", wiederholte Som nachdenklich. Das war die stärkste Oppositionspartei. „Also Erdo Sas."

„Mehr fällt mir nicht ein."

Som dachte nach. „So schwer es scheint, wenn Sie Unterstützung suchen, irgendwem müssen Sie trauen. Ich denke nicht, dass es ein erfolgreicher Putsch ist, sonst hätten wir bewaffnete Verbände im Parlament. Die Unterwanderung ist daher wahrscheinlich nur in Teilen. Haben Sie keinen alten Freund aus dem Studium, der bei der Polizei ist? Ich könnte Ihnen Elektronik geben, die ein gewisses Maß an Schutz bietet. Ein Anruf bringt vielleicht neue Möglichkeiten ..."

Sinin dachte nach. „Edem. Edem Detergas."

„Wer ist das?"

„Ein Kommilitone, der nach dem Studium bei der Polizei aufgestiegen ist. Letztes Jahr hatte ich mit ihm gesprochen, da schien alles ok ..."

„Gut. Ich kann Ihnen ein Smartphone mit Sicherheitsdongle geben. Fragen Sie dann nach einer sicheren Verbindung."

„Ok. Das wäre möglich... ich bin müde. Können wir in einer halben Stunde weiter reden?"

„Klar. Ich muss das Gerät erst vorbereiten. Ich hoffe, das Notebook bietet Entspannung genug."

„Danke, Som. Es ist mehr, als ich erwarten kann."

„Ok! Ich mache das Smartphone gleich fertig. Wir haben etwas Zeit. Erholen Sie sich. Es war gut, dass Sie sich von Ihrer Elektronik getrennt haben. So sind wir hier erst mal sicher."

„Alles klar. Ich ruhe etwas."

„Gut." Som begab sich in sein Computerzimmer und bereitete das Gerät für Sinin vor.

23

Als Som am nächsten Morgen aufwachte, stand die Sonne schon am Himmel, aber er stand noch nicht sofort auf. Er freute sich, Sinin helfen zu können. Zwei Anschläge! Aber sie hatte überlebt. Hoffentlich bekamen die Verschwörer ihre gerechte Strafe. Der unterwanderte Polizeiapparat machte ihm auch Sorgen. Wie weit konnte er gehen? Es war eine Herausforderung. Er überlegte. Wenn er seine Hilfe hauptsächlich von hier aus koordinieren würde ... sie würden sich hier quasi verstecken und die Füße still halten, bis sie über Telefon oder Internet zuverlässige Hilfe hatten. Es kamen kaum Menschen hier vorbei. Es könnte funktionieren ... er musste mit Sinin reden. Er entschied, sich fertigzumachen, um das Frühstück zuzubereiten.

Sinin und Som frühstückten in der Küche. Som hatte etwas Musik angemacht, doch Sinin bat ihn, sie auszustellen. Also aßen sie schweigend. Aber Som kam es nicht bedrückend vor, er freute sich, dass sie erst einmal bei ihm in Sicherheit war.

Als das Frühstück beendet war, mussten sie sich ihrer Situation klarer werden.

„Es gibt anscheinend viele Verschwörer", sagte Sinin mit Sorge. „Wie können wir sie alle daran hindern, noch einen Anschlag zu verüben? Was ist mit meinen Freunden, Parteikollegen?"

„Irgendwo müssen die ihre Vorhaben koordinieren. Und vielleicht gibt es irgendwo eine Mitgliederliste. Elektronisch. Ich gehe von einer Gruppe aus, die sich organisieren muss. Wenn wir die Mitgliederliste bekommen, haben wir sie wahrscheinlich alle. Die Daten könnten verschlüsselt sein. Aber damit kann ich umgehen. Es kann auch sein, dass die unverschlüsselt auf irgendeinem Server liegen. Solche Pannen passieren immer wieder!", grinste Som.

Sinin dachte nach, trank noch ein bisschen Nemech und setzte zu einer Vermutung an: „Ich kann mir eigentlich nur das organisierte Verbrechen vorstellen. Erdo Sas wird nicht seine ganze Arbeit, seine Wahlergebnisse riskieren, sollte das rauskommen."

„Wir sollten beides verfolgen."

„Wahrscheinlich", stimmte Sinin zu.

„Ich muss Sie in das neue Smartphone einweisen. Kein Hexenwerk! Aber ein paar Dinge gibt es zu beachten." Som hatte das Smartphone und den Dongle konfiguriert.

Nach der Einweisung half Som Sinin, Shirts und Unterwäsche über seinen Account per Express zu bestellen. Sie konnte ja nicht ewig in ihren getragenen Sachen bleiben. Unter den Lieferadressen stellte er fest, dass der Eintrag seiner Lebensgefährtin nie gelöscht worden war. Som seufzte. Er spürte immer noch Widerwillen, die Daten zu aktualisieren. Und hätte er das nicht längst tun sollen?

Sinin bemerkte sein Dilemma. „War Ihre Lebensgefährtin gläubig?"

„Ja", antwortete er nach einer Weile.

„Som. Wir verstehen nicht immer alles. Aber vielleicht ist sie jetzt dort, wo sie immer sein wollte. Und Gott mutet einem nur so viel zu, wie es geht."

Er senkte den Kopf.

„Aber das ist nur ein Gedanke. Ich will Sie nicht bedrücken!"

„Ok", sagte Som leise. War er nicht ebenfalls noch auf der Flucht? „Ich mach mir was zu trinken", sagte er und verließ den Raum.

Der Rest des Tages verlief ohne Zwischenfälle, aber später im Bett kreisten Soms Gedanken. Hätte Frau Danir nicht einfach schweigen können? Was sollte er tun? Sein Refugium verlassen? Er wusste nicht, ob er etwas anderes schaffen konnte. Er ärgerte sich ein bisschen. Und jetzt sollte er sich mit einem korrupten Polizeiapparat anlegen? Wie weit würde er gehen müssen, welche Gefahren lauerten? Wie sollte er Sinin unterstützen? Mit Geld? Mit wie viel Geld? Som hatte seine Tabletten eine Stunde früher eingenommen, um kein Risiko einzugehen. Ja, vielleicht war Nera jetzt da, wo sie sein wollte. Trotzdem hätte Sinin das nicht sagen dürfen. Er versuchte, seine Verstimmung zu beheben. Frau Danir hatte auch Schweres durchgemacht, hatte sich wohl vergriffen bei diesem Thema. Som seufzte. Er brauchte Schlaf.

24

Som war früh aufgestanden. Er hatte schlecht geschlafen und einen Entschluss gefasst. Er konnte Frau Danir nicht weiter unterstützen! Gegen einen korrupten Polizeiapparat – das war zu viel verlangt. Sie hatte keine Ahnung, wie es gewesen war, die vergangenen acht Jahre. Er hatte sich seinen Frieden erkämpft! Er brauchte sein Zuhause.

Ganz im Stich lassen wollte er sie aber auch nicht, daher hatte er ein zweites Smartphone mit einem kleineren Geldbetrag aufgeladen. Vielleicht war es gut, wenn sie nicht in ihrer Kleidung zu sehen war, also hatte er seine Outdoorjacke dazugelegt und eine größere Tasche. Jetzt wartete er, bis sie wach war.

Am Frühstückstisch herrschte bedrückte Stille. Som hatte Sinin erklärt, dass sie nicht bleiben konnte. Sie hatte es gefasst aufgenommen, aber sie hatte große Sorge, ob sie das alles schaffen würde. Das zweite Smartphone und die Jacke lagen auf einem Stuhl, Sinin aß, um wenigstens etwas Kraft zu haben. Sie würde packen und gehen. Jetzt war ihre ganze Hoffnung, Edem zu erreichen. Von dem Geld konnte sie sich eventuell ein kleines Zimmer leisten. Wenn sie eins fand. Über die Handys konnte sie Angebote suchen. Sie musste weitersehen.

An der Tür drehte sich Sinin noch mal kurz um. Som schwieg. Sinin nahm ihre Sachen und ging, die Tasche in der Hand, sicherheitshalber die Jacke umgelegt.

Som schloss die Tür. Er hatte sich Raum verschaffen müssen, das hatte er geschafft. Aber es war ihm nicht leicht gefallen. Jetzt war es erledigt. Er ging in die Küche, um etwas zu trinken.

25

Sinin hatte zu Fuß das Zentrum von Otors erreicht. Mit Jacke und Sonnenbrille hoffte sie, nicht erkannt zu werden. Die Adresse einer Pension hatte sie gefunden, ihr Geld würde für eine Woche reichen. Innerlich war sie aufgewühlt. Sie war wieder allein. Aber irgendwie ging es bestimmt weiter. Sie hatte kurz um Unterstützung gebetet, wie man nach ihrem Glauben von überall beten konnte, und vielleicht kam Hilfe. Sie suchte einen ungestörten Platz. Das war nicht schwer, in Otors wimmelte es nicht vor Leuten.

Nun versuchte sie, Edem zu erreichen. Sie benutzte Soms Sicherheitsdongle, wie er es ihr beschrieben hatte. Bei einer kleinen Wiese eines unbebauten Grundstückes blieb sie stehen und wählte die Nummer ihres alten Bekannten. Sie wartete. Die Ansage „Sie werden verbunden" lief fünf Minuten durch, bis sie auflegte. Mist! Sie musste es später noch mal probieren. Vielleicht sicherte sie sich jetzt erst einmal ein Zimmer. Sie baute eine Sprachverbindung zur Pension auf.

26

In seiner Küche hatte Som einen großen Becher Nemech vor sich und dachte nach.

Es war damals richtig gewesen, auszusteigen. Er hatte es nicht anders ausgehalten, war in seiner alten Wohnung teilweise nicht mehr aufgestanden, hatte deswegen seinen Job verloren. Aber jetzt waren acht Jahre vergangen – er hatte eine sichere Bleibe, und der Schmerz hatte nachgelassen. Auch wenn er Nera verloren hatte. Ob Gott uns nur das zumutete, was wir aushalten – er wusste es nicht. Er und Gott hatten so etwas wie ein Stillhalteabkommen. Aber er kam zurecht.

Wegen Sinin war er etwas beunruhigt. Hatte er überreagiert? Ihre Bemerkung hatte ihn getroffen, aber er hatte sich auch acht Jahre vergraben. Es musste weitergehen. Jetzt war sie irgendwo da draußen und in Gefahr! Er hatte ihr Geld mitgegeben, aber hätte er nicht einfach mit ihr reden sollen? Er ballte eine Faust, stützte seinen Kopf darauf und überlegte. Es war eine Notlage, die existenziell war und behandelt werden musste. Sie war in Gefahr. Was ihr passiert war, konnte nicht einfach so weitergehen! Er durfte nicht tatenlos zusehen. Es war eine Herausforderung, und sie war jetzt da! Die Zukunft seiner Präsidentin hing vielleicht davon ab! „Verdammt!“, fluchte er halblaut. Was sollte er tun?

27

„Nerm!“, schimpfte sie auf togonisch. Sie hatte die Anrufzeiten verpasst. Diese Steinzeitpension! Auch das musste sie später noch mal probieren. Vielleicht könnte sie noch etwas essen, sie merkte, wie ihre Kraft nachließ. Vielleicht würde ihr ihre Situation alles abverlangen. Es gab noch Chancen, machte sie sich bewusst. Es würde nur dauern. Und vielleicht war die Sache lösbar, vielleicht konnte Edem an eine Mitgliederliste der Hintermänner der Anschläge kommen! Wie auch immer er das anstellen würde.

Sie war weitergegangen zu einem kleinen Gemischtwarenladen, vor dem eine öffentliche Bank stand. Sie stellte die Tasche ab, setzte sich und atmete aus. Sie musste drei Stunden warten, bis die Pension wieder erreichbar war. Es schien die Sonne, was nicht ihrem inneren Zustand entsprach. Aber besser als draußen im Regen, sagte sie sich. Sie musste warten – dann war es eben so.

Zwei Stunden später saß sie immer noch da. Zwischen allen Stühlen. Edem war nicht erreichbar. Sie musste jetzt mit dem, was sich ihr bot, auskommen! Edem war die einzige Chance, die ihr einfiel, gegen ihren unbekannten, organisierten Gegner. Sie dachte nach. Wir bekommen nur das von Gott zugemutet, was wir aushalten, galt das jetzt auch für sie? Knifflig.

Da klingelte das Smartphone. Wer konnte das sein, wer kannte ihre Nummer? Im Display erschien keine Angabe zur Herkunft. Aber weder die Attentäter noch deren Gefolgsleute sollten diese Nummer haben. Sollten. Notfalls würde sie das Handy wegwerfen und das zweite benutzen. Es klingelte weiter. Oder ...

„Ja?"

„Frau Danir!", sagte Som. „Ich – ich habe nachgedacht. Ich habe acht Jahre lang keine solche Herausforderung gehabt, und ich war viel zu einsiedlerisch. Es tut mir leid! Kommen Sie zurück. Es gibt Möglichkeiten, an eine Mitgliederliste zu kommen. Ich werde hacken. Jedenfalls wenn Sie das wollen ..."

Sinin richtete sich auf. Er hatte sie rausgeworfen, aber sie spürte, das war jetzt egal. Es gab neue Chancen! Er hatte ihr geholfen und würde das weiter tun.

„Ich komme!", sagte sie und trennte die Verbindung. Sie stand von der Bank auf, startete die Kartenfunktion des Smartphones und machte sich auf den Weg.

28

Im dritten Stock eines Bürogebäudes in Ers gingen zwei Frauen und ein Mann ihrer Arbeit nach. Nidas Or, ein graubärtiger Taxiunternehmer, überprüfte in seinem Büro die Einnahmen dieser Woche. Die Dienste seiner Fahrer waren nur durchschnittlich in Anspruch genommen worden, und Nidas machte sich Gedanken, wie er das verbessern konnte. Er machte eine Eingabe an seinem Computer, da klopfte es an der Tür.

„Herein."

Nia, die blauhäutige Sekretärin, öffnete und blieb im Türrahmen stehen.

„Herr Or, Polizei!", sagte sie und trat zur Seite. Nidas sah, dass hinter ihr zwei Beamte warteten.

„Oh, kommen Sie herein!", sagte Nidas. Die kleinere Beamtin mit weißem Kurzhaarschnitt ging auf ihn zu und streckte ihm die Hand entgegen. „Lina Erbos, Kriminalpolizei."

Nidas schüttelte ihr kurz die Hand, Lina zeigte ihren Polizeiausweis.

„Willkommen", sagte Or. „Was führt Sie in meine kleine Taxivermittlung?"

„Wir sind auf der Suche nach einem Ihrer Fahrgäste, der vor drei Tagen verschwunden ist. Ich kann hier leider keine Angaben zur Person tätigen, aber das Handy wurde gefunden und konnte gescannt werden. Es gab eine Zahlung genau zu dieser Zeit an ihre Taxiunternehmung." Sie hielt ihm einen Ausdruck mit den Daten hin. „Können Sie das bestätigen?"

Nidas nahm das Blatt und runzelte die Stirn. Er fand auf dem Papier die benötigte Vorgangsnummer und machte am PC eine Eingabe. „Da ... ja, da gab es auch eine Fahrt. Telen Opas, ja, das ist einer meiner Taxifahrer. Bezahlt von der Regierungsverwaltung."

„Das ist richtig. Können wir Herrn Opas sprechen?"

Nidas schaute im Computer nach. „Über uns erst mal nicht ... Herr Opas ist seit drei Tagen in Urlaub."

„Sie wissen nicht zufällig, wo er ist?"

„Leider nein, und das ist auch nicht ganz meine Aufgabe", erwiderte Nidas.

„Wir nehmen an, das Ziel der Fahrt liegt in Ers. Ist das korrekt?"

Nidas schaute nach. „Nein, sie sind auf eine Landstraße gefahren. Und die Fahrt hat geendet auf einer Landstraße. Das Taxi hat den Fahrgast herausgelassen und dort gewendet." Er drehte den Monitor zu Lina. „Das ist schon einige Kilometer raus von hier. Richtung Kenem oder Otors."

Linas Kollege betrachtete die Anzeige und tauschte mit Lina einen erstaunten Blick.

„Ist Herr Opas von hier erreichbar?"

„Ich kann es probieren", antwortete der Unternehmer und tippte eine Nummer in seinen Bürocomputer. Mit kurzem Tastaturbefehl schaltete er die Lautsprecher ein.

„Hier ist der Anschluss 42 4496 44. Ich bin leider gerade nicht erreichbar. Versucht es später noch mal oder sprecht etwas auf meine Mailbox."

Nidas schaute mit hochgezogenen Augenbrauen zu den beiden Polizisten.

„Können Sie mir noch die Telefonnummer geben?"

„Das ist kein Problem, Moment." Er notierte die Nummer auf einem Werbeflyer seines Taxiunternehmens und gab sie Erbos.

„Danke. Können Sie mir noch den Ort des genauen Fahrtendes als Standardnachricht zusenden?" Sie drückte ihm ihre Karte in die Hand.

„Die Nachricht kann ich Ihnen gleich schicken, Moment."

„Ok." Lina blickte zu ihrem Kollegen und dann zu Nidas.

„Fertig", bestätigte Nidas, was Lina auf ihrem Smartphone sehen konnte. Sie steckte es wieder weg.

„Ich denke, das war erst mal alles. Danke für Ihre Mithilfe."

29

Sinin klingelte an Soms Haustür. Einige Momente später stand sie im Flur und legte ihre Sachen ab. Som stand sein schlechtes Gewissen ins Gesicht geschrieben.

„Frau Danir, ich war viel zu eigenbrötlerisch! Wir werden eine Lösung finden!"

„Ist schon ok. So eine Lage bringt einen schon aus der Fassung. Könnte ich irgendetwas essen?", sagte Sinin.

„Klar, die ganze Gefriertruhe können Sie leer essen." Sinin lachte. „Gehen Sie schon mal ins Wohnzimmer, ich stelle kurz was zusammen."

„Danke."

Som begab sich in die Küche. Eine halbe Stunde später hatten sie ein kräftig gewürztes Reisgericht gegessen und saßen gut gestärkt am Wohnzimmertisch. „Wollen Sie sich noch etwas ausruhen?", fragte Som.

„Lass uns Duzen", antwortete Sinin. „Vielleicht sollten wir in ein, zwei Stunden unsere Situation weiter besprechen. Aber jetzt – ich habe nicht damit gerechnet, dass mir so ein Angriff passieren könnte! Ich glaube, ich war zu sehr Erfolge gewöhnt."

„Das Recht des Stärkeren darf sich aber trotzdem nicht durchsetzen", hielt Som dagegen.

„Klar. Aber es besteht ein Risiko, dass sich Erreichtes wieder zurückentwickelt. Zurück zum Höhlenfeuer. Droht uns das?“

„Ich hoffe nicht“, sagte Som nachdenklich. Er trank aus seinem Glas. „Wir müssen wohl immer wieder arbeiten, um das Gute zu bewahren.“

„Ich habe irgendwie geglaubt, dass man im Recht und mit Moral und der Wissenschaft sich schon durchsetzen würde! Aber die Wähler sind verhetzt worden.“

„Erdo Sas“, sinnierte Som. „Es scheinen nicht alle Menschen daran interessiert zu sein, es für alle gut zu haben. Der Populismus hetzt mit Angst!“

„Das funktioniert sogar ohne echten Inhalt“, ergänzte Sinin.

„Ich meine – was suchen diese Menschen? Die große Show?“, fragte Som. „Man sagt ja, alles gut ist auch scheiße. Warum sind sie mit einem guten Grundstock an Rechten nicht zufrieden?“, fragte er. „Wir haben viel!“

„Tja, ist es mehr wert, dass die Reichen reicher werden oder dass die Welt humaner wird?“, überlegte Sinin. Sie hielt einen Moment inne. „Dabei gibt es keinen populistischen Machtanspruch. Den einzigen Machtanspruch hat der, der die Probleme der Menschen und des Zusammenlebens lösen will und kann, und nicht der, der Leid erschafft! Wir müssen uns alle an einen Tisch setzen und akzeptabel reden. So sollte es sein!“

Som nickte und trank weiter seinen Nemech. Ein Moment der Stille kehrte ein.

Schließlich sagte er: „Lass uns etwas ausruhen, dann müssen wir unsere Situation weiter erfassen."

Sinin stimmte zu. Som nahm die Teller und Bestecke und brachte sie in die Küche.

Eine Stunde später saßen sie sich wieder im Wohnzimmer gegenüber. Was konnten sie tun, ohne aufzufallen?

„Som, was meinst du – gut ausgestattete Attentäter könnten uns wohl auch hier finden!"

„Kann sein. Ich kann sie nur begrenzt abwehren. Aber wir haben ein bisschen Zeit. Unser entlegener Vorort ist bestimmt nicht sofort in deren Fokus. Aber über kurz oder lang brauchen wir eine zutreffende Mitgliederliste!"

„Erdo Sas oder das organisierte Verbrechen", dachte Sinin laut.

„Was bedeutet: Wir müssen aufpassen, dass ich nicht von hier aus hacke. Wir könnten sonst über die Verbindung nachverfolgt werden, und dann wissen sie, wo wir sind. Wir gehen mit einem Laptop in ein Café mit schlecht gesichertem WLAN, eine Kleinstadt weiter entfernt, nach Denem. Wenn sie uns dann tracen, finden sie nur das Café. Das Laptop schalten wir dann aus und bringen die Daten wieder sicher hierher zum

Auswerten. Um manches beurteilen zu können, brauche ich zu den Internetseiten schnell Einschätzungen von dir. Wir gehen da also zusammen hin."

„Ok", sagte Sinin. „Vielleicht bestellen wir für mich dann eine neue Jacke, um nicht erkannt zu werden. Die Sonnenbrille habe ich ja noch."

„Gut. Du kannst sie ja schon mal aussuchen. Was noch hilfreich wäre: Schreib bitte alle Namen und Links, die dir in Bezug auf den Angriff einfallen, ins Laptop. Ich werde dann vorrecherchieren."

„In Ordnung."

Sinin klappte das Notebook auf. Sie überlegte. Ok, Erdo Sas. Aber wer noch? Die berühmtesten Clanchefs waren wohl Oret Merga und Olem Suchu. Sie tippte die Namen in die Textverarbeitung.

30

Abends begab sich Oret „Nuna“ Merga noch einmal in sein Büro am Hafen von Ers. Den Luxus dieses vertäfelten Raumes erwartete man nicht über der Lagerhalle, in der er seit gut einem Jahr besonders wichtige Lieferungen zwischenlagerte. Darunter fiel vor allem alles, was klein war und viel Geld brachte: Schmuck, Drogen, rohe Edelsteine. Natürlich befanden sie sich gut versteckt in anderen Paletten mit legalen Gütern. Das Geschäft lief gut. Die nächsten Tage erwartete er gefälschte Goldketten, alles war arrangiert. Die zuständigen Polizisten hatten ihren Teil am Gewinn erhalten. Ein großes Geschäft. Oret lächelte. Es würde klappen. Auch wenn im Zuge der neuen Antikorruptionsgesetze einige seines Clans verhaftet worden waren. Frau Danir, dachte er verärgert. Aber es würde Wege geben. Er schob den Ärger beiseite.

Ein Signal ertönte. Wie gewohnt kontrollierte der Bandenchef seine Überwachungskameras, deren Bilder auf einem Monitor unter der Decke angezeigt wurden. Sicher ist sicher. Vor der Tür erkannte er Sidas, seine rechte Hand. Alles schien okay. Oret drückte einen Knopf und die Tür ging auf.

Sidas betrat den Raum. Der untersetzte Mittvierziger hatte ein kleines Paket mitgebracht und legte es Oret auf den Tisch: „Was du bestellt hattest, Nuna."

Der Bandenchef betrachtete die Sendung mit Neugier. Dann blickte er zu seinem Untergebenen.

„Gut. Wie sieht es aus mit der Lieferung?"

„Wurde ins Containerschiff geladen", antwortete Sidas kurz.

„Sehr schön. Jetzt lass mich alleine." Oret schaltete die Tür wieder per Taster an seinem Schreibtisch auf. Sidas gehorchte seinem Anführer und zog die Tür hinter sich ins Schloss.

Um eine Gefährdung auszuschließen, holte Oret einen handlichen Scanner aus seiner Schreibtischschublade. Er hielt ihn nahe an das Paket und wartete ab. Nach einigen Sekunden leuchtete eine grüne LED auf – das Gerät hatte nichts Gefährliches entdeckt. Oret räumte es wieder in den Schreibtisch und begann mit einem Messer, die Sendung zu öffnen. Das war bestimmt ... nach einer kleinen Weile nahm er eine Videokarte aus der Verpackung. Er hatte sie vor Kurzem bestellt. Auf ihr befanden sich Kriegsvideos, Aufnahmen von bewaffneten Konflikten auf Gaiyu. Die Bilder handelten für ihn vom ehrenhaften Töten, vom Kampf um Land, von großen Konflikten. Im Internet wären sie zensiert worden. Als Karte standen sie ihm voll zur Verfügung.

Oret lächelte. Ein schöner Abschluss für den Tag. Er legte das Speichermedium in seinen Computer ein. Ohne sich selbst in Gefahr zu begeben, hatte er jetzt viel Spaß beim Zusehen.

31

Nachdem Som am Abend bereits etwas vorrecherchiert und ihre Jacke bestellt hatte, besprach er am Morgen mit Sinin das weitere Vorgehen.

„Auffälligkeiten finde ich bei Oret Merga und Erdo Sas. Ich habe normal zugängliche Quellen verwendet, weiter recherchieren müssen wir von den Cafés aus. Erdo Sas hat ab und zu Werbung von einem politischen Buchladen auf seiner Seite, durchaus rechter Kram. Da könnte ich ansetzen. Oret Merga ist vor einem Jahr in den Hafen umgezogen und hat dort eine Lagerhalle. Er verkauft offiziell Mode, aber in manchen Chats wird er mit Drogen in Verbindung gebracht. In den Nachrichten von vor acht Monaten wurde von Festnahmen einiger seiner ‚Bekannten' gesprochen, wegen des Korruptionsgesetzes. Vielleicht will er sich rächen. Ich stelle die Hardware für die Cafés zusammen, morgen gehen wir mal los in die Stadt Kenem, sie ist von Ers weiter entfernt."

„Ok", sagte Sinin. „Merga könnte sich rächen wollen. Ist die Jacke schon angekommen?"

„Sie soll morgen früh geliefert werden. Es gibt übrigens noch etwas, was ich dir sagen muss."

„Ja?"

„Ich bin krank. Das heißt bei mir, dass ich Anfälle bekommen kann. Normalerweise passiert das nicht, ich bin gut eingestellt. Aber wenn es passiert, muss ich Medikamente nehmen und zwei Stunden ruhen. Ich kann ohnmächtig werden. Es kann aber auch sein, dass ich alle Termine in der Stadt schaffe. Nur dass du das weißt."

„Ok", sagte Sinin und schwieg. Hoffentlich bekommen wir das alles hin, dachte sie.

„Aber keine Angst, ich kenne meine Krankheit! Wir werden es schaffen", sagte Som entschlossen. „Die Bahn fährt stündlich und ist in zwanzig Minuten in Kenem", fügte er hinzu.

Sinin nickte und nahm noch einen langen Schluck aus ihrem Becher. Es gab also Chancen. Trotz allem breitete sich ein bisschen Zuversicht in ihr aus. Die Panik hatte nachgelassen. „Danke!", dachte sie kurz an Som und ihren Schöpfer.

32

Früh am nächsten Morgen war mit den anderen bestellten Sachen auch die langärmelige Jacke für Sinin geliefert worden. Etwas später waren sie und Som bereits in Kenem und suchten ein Café mit wenig gesichertem Internet. Som konnte mit einem seiner Handys Netzwerke aus etwas Distanz finden und prüfen. Ziel der Recherche war, belastende Informationen über Oret Merga und Erdo Sas zu bekommen. Sinin schaute ihm durch ihre Sonnenbrille beim Untersuchen der Netzwerke zu. Auch er trug langärmelige Kleidung und einen Hut, um nicht direkt von Kameras identifiziert werden zu können. Es war nicht zu warm an diesem Herbstvormittag und der fehlende Niederschlag erleichterte ihr Vorgehen mit den elektronischen Geräten. Sie näherten sich mehreren Cafés, aber nicht jedes bot ein wenig geschütztes Internet. Doch schließlich hob Som den Zeigefinger – um die Ecke lag ein Café, das sich eignete.

An ihrem Platz draußen stellte Som sein Notebook auf den Tisch. Die Bedienung kam vorbei, sie bestellten zwei koffeinhaltige Limonaden. Sinin war gespannt, ob ihre Aktion wirklich nicht auffallen würde.

„Mergas Systeme ... mittelmäßig gesichert“, murmelte Som eine halbe Stunde später und tippte eine weitere Zeichenfolge in das Gerät. „Sein lokales Terminkalender-Back-up ist interessant. Das hole ich mir“, sagte er und startete den Downloadvorgang. „Und jetzt zu Sas.“

Der Informationstechniker tippte eine Netzwerkadresse der Partei ein und verwendete einen Zugang, den er über einen Kontakt mit einem politischen Buchladen bekommen hatte. Er untersuchte den Server.

„Immer wieder ‚Norga‘. Ist das wichtig?“, fragte Som.

„Norga ... Norga Essem. Es gab eine Partei nach dem Krieg, die sich für radikale Meinungsfreiheit eingesetzt hat. Manchmal argumentiert Sas damit“, sagte Sinin und schaute auf Soms Notebookdisplay.

„Ok, dann holen wir uns das.“

Die Bedienung blickte prüfend von ein paar Tischen weiter herüber. Ob sie was gemerkt hatte, fragte sich Sinin. Ihre Getränke waren noch fast halb voll. Die Kellnerin schaute erneut und ging dann in den Innenraum des Cafés. Sinin war erleichtert. Währenddessen hatte Som seinen Download abgeschlossen.

„Wir müssen zahlen“, sagte er knapp und trennte die Internetverbindung. Er hob die Hand und die Bedienung näherte sich ihrem Tisch. Sie holte ihr Tablet heraus.

„Zwei Nexem Gold“, gab Som an.

„Ja, das macht sieben fünfzig.“

Som steckte ihr einen Zehner zu. „Prima Internetzugang hier!“, sagte er mit einem Lächeln und stand auf.

„Oh, danke! Schönen Tag noch.“

Som nickte und verstaute das Notebook und sie brachen auf. Sinin war begeistert. Es hatte geklappt!

33

Während Sinin sich etwas ausruhte, untersuchte Som zu Hause das abgespeicherte Terminkalender-Back-up Mergas. Öfters fand er Einträge wie „Lieferung“ und „Geschäft“. Genauer wurden die Einträge nicht. Aber gut, Mergas handelte also mit Waren am Hafen. Som bezweifelte, dass sein Hauptverdienst legal erreicht wurde. Wenn er nur ein Bild einer dieser Lieferungen finden könnte ... Morgen würde es wieder nach Kenem gehen müssen.

Durch das Einschleichen in die Systeme der Partei Erdo Sas' hatte Som eine Verbindung zu einer halbseidenen Stiftung festgestellt. In den Daten, die er heruntergeladen hatte, fielen ihm manchmal kryptische Sätze auf. Er würde Sinin alles zeigen. Sie wollte in einer Viertelstunde die ersten Ergebnisse erfahren.

In seinem Computerzimmer sichteten sie die Resultate. Die Beleuchtung war gedämpft, die hellste Lichtquelle war der kurzzeitig hochgeregelte Monitor von Soms Computer, der in den Raum und in ihre Gesichter leuchtete.

„Mergas handelt nach seinem Ruf mit verbotenen Waren. Ich brauche da noch weitere Daten. Aber es gibt keinen Hinweis auf das Attentat. Erst mal. Ich suche morgen weiter. Sas ist verbunden mit einer Stiftung, die Norga heißt.“

„Norga Essem. Das hattest du ja im Café gefunden“, sagte Sinin, die den Arm auf den Computertisch stützte und mit der Hand ihr Kinn umfasste.

„Ja. Was merkwürdig ist, sind kurze Sätze in Chats, die keinen Zusammenhang zu anderen Themen zu haben scheinen. „Hier: ‚Z muss wachsen‘ und so ähnlich.“ Som zeigte auf Stellen im abgespeicherten Chatprotokoll am Monitor.

„Sagt dir Z was?“

Sinin überlegte. „Nein“, sagte sie schließlich. „Aber vielleicht finden wir ja noch mehr dazu.“

„Ich werde morgen danach suchen.“

Später saß Som noch am Computer und ging die einzelnen Punkte der Daten, der Hacks und ihrer Situation noch einmal durch. Eine Woche war nun vergangen seit ihrem ersten Treffen, fiel ihm auf. Sie hatten die Füße recht still gehalten. Noch fühlte sich Som halbwegs sicher. Aber er wusste, dass sie hier nicht ewig bleiben konnten – und damit es weitergehen konnte, mussten sie ihren Gegner bloßstellen. Er überprüfte seine Geräte und packte sie für den morgigen Einsatz zusammen.

34

Am nächsten Vormittag waren Som und Sinin wieder in Kenem unterwegs. Der Informationstechniker überprüfte das drahtlose Netzwerk eines anderen Cafés aus der Ferne – es war eher ungeeignet. Sie gingen weiter. Schließlich fanden sie ein Bistro, das nur niedrige Sicherheitsmaßnahmen getroffen hatte und auch draußen Plätze bot. Sie setzten sich nahe ans Gebäude. Sinin bestellte ein Nemech, während Som wieder eine Verbindung zu Mergas Servern herstellte. Irgendwo könnte ein Bild gespeichert sein – Som ließ ein Programm suchen.

„Dauert noch etwas", sagte er zu Sinin. Er schaute auch in den Abfalldateien. Die Präsidentin hatte ausgetrunken und gab gerade der Bedienung ein Zeichen, als ein junger Mann im Jogginganzug vor ihrem Tisch draußen an der Straße stehen blieb. „Entschuldigung. Sind Sie nicht ... Frau Präsidentin?"

Sinin setzte schnell ihre Sonnenbrille, die sie auf dem Tisch liegen hatte, wieder auf. Som schaute hoch und sah zu Sinin.

„Tis? Unser Zug geht gleich. Wir müssen!"

„Aber, Sie sind doch ... Sie werden gesucht!"

„Junger Mann", sagte Som, „Sie täuschen sich. Meine Verlobte und ich fahren jetzt auf eine Feier." Er klappte das Notebook zu und legte einen

Schein auf den Tisch. „Schnell, Liebling. Wir verpassen noch unseren Zug!“ Sie griffen nach ihren Sachen und ließen den verdutzten Mann am Bistro zurück.

Ein paar Häuser weiter blieb Som stehen.

„Mann, das war knapp!“ Er schaute zu Sinin. „Hat er mir geglaubt?“

„Ich weiß es nicht“, antwortete sie.

„Das ist ungünstig. Wenn er uns meldet, können uns alle näher kommen.“ Er blickte auf den Boden. „Aber wir können auch in Tirn weitersuchen. Das ist zehn Kilometer von hier. Ich bin mit der Suche nicht fertig geworden. Wir müssen aber weiterkommen. Nehmen wir ein Taxi zum Bahnhof. Dort wären wir wieder etwas aus dem Fokus! Und die Sonnenbrille muss an bleiben!“

„Tut mir leid.“ Sinin ärgerte sich, dass ihr dieser Fehler unterlaufen war.

„Egal jetzt. Wir wissen, was zu tun ist. Komm mit!“, forderte Som sie mit der Notebooktasche in der Hand auf.

Am Bahnhof herrschte mittelmäßiger Betrieb, aber Sinin kam es so vor, als ob sie gleich von jedem entdeckt werden könnten. Sie rief sich zur Vernunft. Die Suche nach Informationen war noch nicht beendet! Som führte sie wortlos zum Gleis nach Tirn, nachdem er per Smartphone ein

Ticket gelöst hatte. Nach kurzem Warten fuhr der Zug ein und ihr Wagen war, wie Sinin erleichtert bemerkte, fast vollständig leer. Sie stiegen ein.

In Tirn konnte Som ein größeres Chatprotokoll der Stiftung sichern, das sich zu Hause auszuwerten lohnte. Auch zur Organisation Z konnte er einen Server finden und Daten downloaden, auch wenn der stärker gesichert war als die Netzwerke Mergas. Schließlich war Som ziemlich aus der Puste, sie gönnten sich ein Taxi für den Rückweg. Som nahm im Fahrzeug ein Medikament und lehnte sich zurück. Sinin bemerkte seinen Zustand.

„Ich bin k. o.", sagte Som. „Etwas mehr und ich hätte wohl einen Anfall bekommen."

„Was passiert dann?", fragte Sinin von der Rückbank.

„Ich muss zwei Stunden ruhen und härtere Medikamente nehmen. Ich bin dann ausgeknockt. Aber danach geht es weiter. Sicher."

„Ok." Sinin war besorgt, auch wenn sie seiner Aussage glaubte. Hoffentlich haben wir Glück, dachte sie.

35

Zu Hause legte sich Som kurz hin, während Sinin wartete. Schließlich machte sie sich im Wohnzimmer etwas Musik an. Sie und Som wollten noch das Ergebnis der Scans besprechen.

Als Som aufstand, setzte er sich sofort an die Arbeitskonsole im Computerzimmer und bereitete seine gewonnenen Daten vor. Anscheinend wurde auf dem Z-Server Kommunikation koordiniert, immer wieder fielen Som rechte Inhalte in den Protokollen auf. Offenbar waren sie nicht entdeckt worden, was ihn sehr erleichterte. Und wenn, führte die Spur nach Tirn in ein Café und nicht zu ihm nach Hause. Er holte Sinin.

Im Computerzimmer betrachteten sie die gewonnenen Daten.

„Schau genau hin“, sagte Som und zeigte auf den Bildschirm. Er hatte wirklich ein Foto einer Lieferung auf Mergas Servern gefunden. Das Foto zeigte in durchsichtiges Plastik verpackte Kleidung und am Boden des Containers einige kleine, blickdicht verpackte Tüten unter Füllmaterial.

Der Inhalt war nicht zu sehen, aber: „Wenn sie nur Kleidung liefern wollten, warum verstecken sie dann was? Es handelt sich nach einem Chat um Schmuck oder Drogen. Bei den geringen Abmessungen wohl eher Schmuck!“, folgerte Som.

„Aber da stand nichts von den Attentaten?“, fragte Sinin.

„Nein, nichts“, murmelte Som und betrachtete noch einmal die kopierten Daten. „Aber bei Z geht es öfters um Angriffe, auch auf Politiker!“ Er rief den Chat auf. „Noch nichts direkt Verwertbares zu uns, doch ich werde dort weiter suchen.“

„Ok. Ich habe Edem übrigens endlich erreicht!“

„Oh! Und?“

„Ich habe ihm erzählt, dass ich in Sicherheit bin. Die Ermittler tappen im Dunkeln. Aber die Organisation Z ist nicht unbekannt. Es gebe Probleme. Ihr wird Vernetzung von rechtsradikalen Aktivitäten zur Last gelegt. Das sei aber schwer nachzuweisen.“

„Die Sicherheitsanforderungen ihrer Server sind auch besser als die Mergas“, bestätigte Som.

„Bezüglich der Mitgliederliste – er und der Geheimdienst wären sehr daran interessiert. Sie schlagen ein Treffen vor. Und da es für uns die einzige Möglichkeit ist ...“, sagte sie.

„Ich habe einen gut gesicherten Bereich auf dem Hauptserver von Z gesehen. Dort könnte sie theoretisch liegen. Aber das Risiko ist hoch. Wenn ich da reingehe, habe ich wohl nur einen Versuch, um nicht zurückverfolgt zu werden. Wir können das machen, kurz bevor das Treffen stattfindet.“

„Ok“, sagt Sinin langsam. „Also recherchieren wir morgen noch mal?“

„Sicher. Kannst du was vereinbaren in den nächsten Tagen?“

„Werde ich.“

Die beiden schwiegen. Das wäre die Lösung. Kurz waren nur die leisen Lüftergeräusche von Soms Computern zu hören.

Sinin stand auf. „Ich rufe ihn an.“

36

Am Nachmittag saß Denes Ornem auf seinem Sofa und sah fern. Er musste heute nicht im Supermarkt arbeiten und ließ seine Gedanken schweifen. Irgendetwas war komisch an dem Paar gewesen, das er am Vormittag vor dem Bistro gesehen hatte. Die zwei hatten das Bistro auch überstürzt verlassen. Versonnen blickte er sich um. Die Herbstsonne schien durch die Fenster in den mittleren Teil seiner Wohnküche. Er könnte etwas aufräumen, aber eigentlich war alles in Ordnung so weit. Er zappte durch die Programme. Nichts Vernünftiges. Er dachte wieder an das Paar. Waren sie wirklich ein Paar? Eigentlich war er überzeugt davon, dass sie Präsidentin Danir gewesen war.

Er schaltete in einen anderen Kanal. Auf dem Bildschirm erschien nun ein Polizist. „Wenn Sie Hinweise zum Verbleib von Präsidentin Danir haben, melden Sie sie bitte unter 4090-40 an unseren Krisenstab!“, tönte es aus dem Lautsprecher. Was für ein Zufall, dachte Ornem und überlegte. Sollte er? 4090-40.

37

Es wurde Abend im Hafen von Ers, Wolken verdeckten die schon tief stehende Sonne. Die Suta Vica, ein kleineres Containerfrachtschiff, war an den Docks angekommen und wartete auf ihre Freigabe durch den Zoll. Vier Beamte betraten das Schiff. Die Überprüfung begann. Den Zollbeamten und zwei Hunden wurden einige große Schiffscontainer geöffnet, die auf der Liste standen, die sie von ihren Vorgesetzten erhalten hatten. So konnten sie stichprobenartig die Lieferscheine überprüfen. Auch der dunkelblaue Container Mergas stand zur Überprüfung an. Sidas stand am Dock vor dem Schiff und wartete auf das Ergebnis. Die Lieferscheine sollten keinen Grund für Aufsehen geben. Er war sicher, es würde klappen.

Pola und Neck, zwei der Zollbeamten an Bord, betraten mit leuchtstarken Arbeitslampen und einem Drogenspürhund den Handelscontainer durch die seefeste Metalltür und überprüften die angekommene Ware. In Holzkisten und durchsichtigen Plastiktaschen verpackt lagen vor ihnen Kleidungsstücke, insgesamt über zehntausend Stück. Pola wühlte in einer Holzkiste, machte stichprobenweise Fotos. Wie auf den Zolldokumenten angegeben, fand er Kleidung vor. Neck prüfte die Holzkiste an einer anderen Stelle. Keine Auffälligkeiten. Neda, die Drogenspürhündin, schnüffelte an dem Behälter und den Plastiktaschen. Sie schlug nicht an. Die Zollbeamten nahmen sich eine andere Kiste weiter hinten im Container vor.

Zehn Minuten später bekam Sidas einen Anruf. Die Lieferung war als geprüft akzeptiert und durchgelassen worden. Er verkniff sich ein Lächeln und wies seine Lkws an, die Ware in Mergas Lagerhalle zu bringen. Die im Boden mancher Holzkisten verborgenen gefälschten Goldketten waren durchgekommen. Er sendete eine vereinbarte Kurznachricht an Mergas: „44". Geliefert.

38

Hauptkommissar Nomas saß bei seinem Vorgesetzten in der Sonderkommission und diskutierte die bisherigen Ermittlungsergebnisse. Er hatte Arada gerade die Information eines Anrufers weitergegeben, der sicher war, Präsidentin Danir in Kenem gesehen zu haben. Mit einem älteren Mann mit blauem Teint. Und die Standortdaten des Taxis wiesen darauf hin, dass die Präsidentin auf der Landstraße ausgestiegen war, die nach Kenem führte! Das waren vielversprechende Zwischenergebnisse. Der Commander überlegte, ob eine höhere Präsenz der Polizei dort sinnvoll wäre. Nun, sie war es.

„Onn, wir werden in Kenem und Umgebung fahnden. Ich schicke dir die erforderlichen Einsatzbefehle zu. Also an die Arbeit!"

Sein Untergebener nickte und ging zurück an seinen Computer.

Auch der vollbärtige Hauptkommissar Negon Sta, Teil des Krisenstabs, las auf seinem Monitor die neuesten Entwicklungen zum Fall Danir. Frau Präsidentin war vielleicht in Kenem. Die Einsatzbefehle würden in fünfzehn Minuten da sein. Er konnte also eine Zigarettenpause machen. Er nahm ein zweites Smartphone aus seiner Tasche und vermerkte dort offline ein paar Notizen.

Schließlich steckte er es in die Hosentasche und fand eine Packung Dolos in seiner Jacke. Er machte sich auf den Weg vor die Tür.

Auf dem nahen Parkplatz sah er sich äußerlich ganz gelassen um. Er war alleine. Er holte das Zweithandy aus der Tasche und schaltete es über ein nicht polizeiliches, verschlüsseltes Netz online. Es gab Neuigkeiten.

„An: Krieger. Eventuelle Sichtung von Danir in Kenem. Polizeiliche Fahndung eingeleitet. Sonst keine neuen Infos", tippte er in das Gerät, sendete und schaltete es sofort wieder ab. Niemand schien ihn beobachtet zu haben. Gut. Er steckte das Handy weg und zündete sich eine Dolos an. Die Präsidentin würde schon sehen, dass es noch andere Meinungen gab, dachte er und zog an der Zigarette.

39

In einem unterirdischen Bürogebäude außerhalb von Ers verließ Ula Nerban die Besprechung der Koordinatoren von Z. Die Systemspezialistin hatte Schwächen in der Sicherheitssoftware bemängelt und wartete nun auf baldige Verbesserung. Sie hatte bei allen Beteiligten Unruhe bemerkt – die Wahlen rückten näher, und es sah so aus, als ob die Stimme für Togon doch keine Mehrheit erlangen würde. Fuck Altparteien, dachte sie genervt und setzte sich an ihre Konsole, von der aus sie noch mal die Channel für einige Stunden überwachen würde. Aber zuerst würde ein Forenmitglied von ihr Moderatorenkennwörter bekommen. Tero Elmekon. Er war von seinem Vater in die Bewegung gebracht worden. Eigentlich war sie gegen seinen etwas schnellen Aufstieg, aber Nors Elmekon hatte viel für die Bewegung getan – und eine Hand wäscht die andere. Tero durfte also im Forum moderieren. Das war wohl nicht zu vermeiden.

Tero klopfte leise an Ulas Tür. Ein paar Augenblicke später öffnete die Systemkoordinatorin.

„Hallo, Tero“, sagte sie knapp.

Tero grüßte sie freundlich.

„Tero, du darfst ab sofort das Forum moderieren. Ich bringe dich zu deiner Konsole.“ Sie gingen durch die halb beleuchteten Flure und gelangten schließlich zu einem kleinen Raum am Rand des Gebäudes. Sie öffnete die Tür und startete den Computer auf dem Schreibtisch. „Das ist dein Computer“, sagte sie zu Tero. Der Achtzehnjährige nickte kurz.

„Ich habe alles vorbereitet“, fuhr Ula fort. Sie machte ein paar Eingaben und zeigte auf den Monitor. „Das ist unser Hauptprogramm. Daraus erledigst du fast alle Tätigkeiten. Die Hilfeseiten helfen, also lesen! Dein Benutzerkonto hat den Rang eines Moderators. Dies ist dein vorläufiges Kennwort“, sie gab ihm einen Zettel. „Richte dir ein neues ein, lang, abgekürzte, ganze umgangssprachliche Sätze, Sonderzeichen.“

„Mache ich“, versprach Tero.

„Du bist ja schon seit einer Weile im Forum.“ Ulla machte eine kleine Pause. „Dein Ansprechpartner ist Herr Tonen alias Xonator. Ihm stellst du alle Fragen, zu mir kommst du nur, wenn die Scheiße richtig dampft.“ Tero nickte.

„Jetzt lasse ich dich erst mal machen. Ändere bitte zuerst dein Passwort und teile es mit niemanden! Merke es dir gut!“

„Geht klar!“, sagte Tero mit Vorfreude.

Ula schaute ihn prüfend an. „Du schaffst das?“

„Im Notfall wende ich mich an Herrn Tonen.“

Ula nickte. „Ok. Viel Spaß.“ Sie verließ den Raum.

Tero setzte sich auf seinen Stuhl und wippte ein bisschen hin und her. Die Aufgabe, Forenmoderator von Z zu sein, hatte er sich erträumt. Sein Vater hatte das ermöglicht. Dann lege ich mal los, dachte er mit einem Lächeln. Mit dem vorläufigen Passwort loggte er sich ein. Ein Programmfenster erschien. „Ändern Sie jetzt Ihr Passwort" stand über einer Eingabezeile geschrieben. Ok, ein umgangssprachlicher Satz mit Sonderzeichen, den er sich merken konnte. Mist, ihm fiel gerade nichts ein. Musste das jetzt sein? Sollte er ... ach, er würde einfach eines seiner alten drei Passwörter nehmen, das er bestimmt nicht vergessen würde. Er gab das Passwort ein, das Fenster verschwand und er war als Xi angemeldet. Tero blickte auf die grafische Benutzeroberfläche. Er rief die Hilfeseiten auf, denn er wollte sich ja an seinem ersten Tag nicht blamieren. Super. Er war drin.

40

Erdo saß auf der Rücksitzbank seines Dienstwagens. Auch er war darüber informiert worden, dass die Stimme für Togon wohl die Mehrheit verfehlen würde. Er dachte nach. Also erneut nach Plan A. Der Oppositionspolitiker holte sein zweites Handy hervor, das er mit dem nicht staatlichen Netzwerk von Z verband. Sein Fahrer fuhr, alles schien sicher. Er begann zu tippen.

Schließlich las er sich seine kurze Nachricht noch mal durch. „Weitere Strategie – sucht Danir bei Kenem und versagt nicht noch mal! Sie muss fallen! Krieger."

Die schwarze Limousine fuhr ihn weiter durch die sternenlose Nacht.

41

Nach dem Frühstück am nächsten Morgen besprachen Som und Sinin zu Hause die Lage. Sie hatten Nachrichten gesehen und erfahren, dass die Polizei verstärkt in Kenem nach Sinin suchte sowie nach einem blauhäutigen älteren Mann mit weißem Bart. Das war nicht ohne. Sollten sie von der Polizei gefasst werden, war nicht klar, ob sie an korrupte Polizisten kämen, die Sinin beseitigen wollen würden. Ein gemeinsames Serversuchen schied eindeutig aus. Som begab sich ins Bad, um erst einmal seinen Bart abzunehmen.

Schließlich kam er in die Küche zurück. „Wir brauchen noch mehr Recherche. Es geht nur noch in Tirn, da das weiter weg liegt."

„Ok", stimmte Sinin kurz zu. „Ich habe Edem noch nicht erreicht."

„Probiere es weiter. Ich denke, ich komme alleine zurecht. Du hattest mir ja schon einige Fragen beantwortet."

„Schaffst du das?", fragte Sinin mit Sorge.

„Keine Angst, ich weiß, was ich machen muss, wenn ich einen Anfall bekomme. Notfalls nehme ich ein Taxi zurück." Som stand auf, um seine Sachen zu packen. Sinin trank einen Schluck aus ihrer Tasse und sah ihm nachdenklich nach, als er die Küche verließ.

42

Zwei Stunden später hatte Som den Tirner Hauptbahnhof erreicht. Er stieg aus dem Personenzug und ging durch die Halle des Bahnhofs, die aus rotem Backstein gebaut war. Es war wenig los und ihm waren auch noch keine Polizisten aufgefallen, aber er musste vorsichtig bleiben. Er verließ die Halle und machte sich auf den Weg in die Tirner Innenstadt, wo unbemerktes Hacken wahrscheinlicher möglich war.

Im Zentrum auf einem Platz vor der Einkaufsstraße sah Som einen Polizeiwagen aus etwa vierzig Metern Entfernung. Zwei Beamte standen vor dem Fahrzeug, einer telefonierte, ein zweiter behielt die Umgebung im Auge. Es nieselte. Unter seinem Hut hoffte Som, aus der Ferne nicht erkannt zu werden und versuchte unauffällig weiterzugehen. Es war noch nicht vorbei! Er spürte etwas Stress und versuchte, an etwas Positives zu denken. Zu Hause würde er Sinin Bericht erstatten, alles würde schon klappen! In der Tasche trug er sein Diagnosehandy, mit dem er nur wie ein normaler Smartphonebenutzer aussah, aber er wagte es nicht, in Sichtweite der Polizisten nach Drahtlosnetzwerken zu suchen. Som war dreißig Meter vorangekommen. Zur Einkaufsstraße gab es eine Parallelstraße, von dort konnte er gut scannen, um ein Bistro oder Café zu finden.

Schließlich betrat er seine ausgewählte Straße und folgte ihrer Biegung leicht nach rechts. Er schaute sich vorsichtig um. Es waren keine Polizisten mehr zu sehen. Er atmete aus.

Mit dem Diagnosehandy in der Hand suchte Som ein passendes Netzwerk außerhalb der Einkaufsstraße. Im dritten Anlauf gelang es. Er musste links um die Ecke und fand ein Fast-Food-Restaurant. Noch war nicht zu viel los. Also gut, dachte Som. Er trat ein und setzte sich in die Nähe der Tür. Weiter hinten im Laden sah er die Bedienung. Ok. Er konnte schon mal das Notebook aufstellen.

„Einen Doppelwhoop mit extra Käse. Einen Krautsalat und ein Nemech." Die Bedienung notierte Soms Wunsch sorgfältig.

„Fünf Minuten", sagte sie kurz und ging durch den Raum zurück bis zur Theke. Nach dem Ausscheiden Mergas hatte Som nur noch die Organisation Z im Visier. Er hoffte, dass die Zugangsdaten zum Server immer noch aktuell waren. Er loggte sich beim Protokollserver von Z ein. Erfolgreich! Ok, dachte er. Die Schlacht konnte beginnen.

Dreißig Minuten und einen Doppelwhoop später hatte er ein paar Chats von Erdo Sas gefunden. Er speicherte die Daten ab. Nun kam die schwierigste Aufgabe – die vollständige Mitgliederliste.

Forensoftware legte Mitgliedsdaten meist im Installationsverzeichnis ab. Dort konnte er aber keine verdächtige Datei finden, nur große, verschlüsselte Verzeichnisse. Die konnte Som nicht so ohne Weiteres herunterladen, aber er speicherte ihren Verzeichnispfad ab. Er musste sich später damit beschäftigen. Jetzt war es Zeit, den Server zu verlassen, um nicht gefunden zu werden. Som war halbwegs zufrieden. Er packte ein, zahlte und machte sich auf den Heimweg.

43

Am Nachmittag hatte Som sich ausgeruht und die Daten untersucht. Dieses Mal war die Ausbeute geringer, da es nicht die Möglichkeit gegeben hatte, die verschlüsselten Verzeichnisse voll abzuspeichern. Er könnte zum Hacken von Z ein besseres Zugangskonto gebrauchen! Das müsste er das nächste Mal suchen. Morgen. Schließlich nahm er sein Notebook und ging runter ins Wohnzimmer, um mit Sinin seine Ergebnisse zu besprechen.

„Ich habe keine stichfesten Beweise, aber ein paar Verzeichnisse, in denen eine Mitgliederliste gespeichert sein könnte. Diese sind gut gesichert, doch vielleicht finde ich einen Weg dorthin. Es kann aber gut sein, dass sie uns dann nachverfolgen können. Ich würde das daher auch von Tirn aus tun. Z könnte der illegale Arm der Stimme für Togon sein!"

„Da Mergas ausscheidet, ist das unsere einzige Spur", sagte Sinin.

„Ja", bestätigte Som kurz. „Ich werde morgen versuchen, eine höhere Zugriffsebene zu erreichen. Wenn das gelingt, kann ich die Verzeichnisse einsehen und Daten herauskopieren."

„Ok", sagte Sinin, „ich werde gleich Edem anrufen. Vielleicht weiß er Rat."

44

Eine Viertelstunde später nahm Edem den Anruf Sinins über die geheime Rufnummer entgegen, die er ihr bei ihrem ersten Telefonat gegeben hatte. Er hatte sich dafür in einen abhörsicheren Raum im Polizeipräsidium begeben und das Gespräch offiziell verschlüsselt. Der hochgewachsene Kommissoner war froh, dass Sinin erst einmal weiter in Sicherheit zu sein schien. Vielleicht konnte er helfen. Da er nur der vierthöchste Polizist in Ers war, stand er nicht zu sehr im Rampenlicht und konnte ausreichend flexibel reagieren.

„Sinin, unsere Geheimdienste haben mit der Organisation Z Probleme. Wir vermuten einen ernsthaft angelegten Umsturzversuch! Anscheinend haben sie uns bereits unterwandern können. Eine Mitgliederliste wäre ein großer Erfolg gegen sie!"

„Meine Quelle versucht, die Liste zu bekommen. Ich bleibe so lange in Sicherheit. Wir hoffen, dass wir nicht nachverfolgt werden können."

„Ok. Aber wie wollt ihr uns die Liste übermitteln? Auch Datenübertragungen können gehackt werden, zum Beispiel, wenn sie euch nachverfolgen und erst weiter im Geheimen operieren."

„Meine Quelle hat mich mit einem abhörsicheren Handy ausgestattet. Er kennt sich aus."

„Ok. Ich könnte ein Treffen mit einem hohen Geheimdienstbeamten arrangieren. Auf diese

Weise bieten wir die Liste sicher an. Es ginge in ...", kurz war Stille in der Leitung, „... zwei Tagen in einem Park außerhalb von Ers. Kennt ihr die Stadt Gonas nördlich von Kenem?"

Sinin spürte die mögliche Lösung. „Ich denke, das können wir hinbekommen", sagte sie. „Gut. Ich melde mich wegen der Uhrzeit und genauen Adresse noch mal bei dir. Gibt es sonst noch irgendwas, wie ich dir helfen könnte?"

„Wir werden versuchen, die Liste zu liefern, und ansonsten die Füße still halten. Ich denke nicht."

„Ok. Passt gut auf euch auf!"

„Danke. Bis dann."

Edem beendete das Gespräch. Er musste seinen Geheimdienstoffizier benachrichtigen, auch aus dem abhörsicheren Raum. Er tippte die Nummer in sein Smartphone.

„Ok. Bitte sei da, Etras."

45

Zu Hause hatte Som kurz mit Sinin im Wohnzimmer gesprochen und sich dann zurückgezogen. Die Mitgliederliste war ihre Chance. Eine Chance, die sie durchaus erreichen konnten.

Draußen war es bereits dunkel, und Som hatte kein Licht mehr in seinem Schlafzimmer angeschaltet. Er hatte die Bettdecke bis zu den Schultern hochgezogen. Bislang war das meiste glattgegangen, überlegte er. Wenn übermorgen das Gespräch mit den Geheimdienstlern gut verlief, wären sie vielleicht am Ziel! Auch Sinin schien etwas von ihrer Angst verarbeitet zu haben, meinte er bemerkt zu haben. Nun gut, jetzt musste er ausruhen, um morgen Kraft zu haben. Der Himmel war bewölkt, nur wenig Licht schien in das kleine Schlafzimmer. Vielleicht würden sie es schaffen. Er drehte sich auf seine Schlafseite und schloss die Augen.

46

Ula und ihr Stellvertreter Eres Tonen hatten im Versammlungsraum von Z das letzte Präsentationsbild an die Leinwand projiziert.

Der vollschlanke Administrator nahm das Mikrofon und fasste für die anwesenden Funktionäre zusammen: „Heute Mitternacht wird die neue Sicherheitssoftware unseres Systems endgültig ihren Betrieb aufnehmen. Wie gesagt: Es ist alles vorbereitet. Es kann zu einzelnen Verzögerungen kommen, aber an sich gibt es wenige Risiken und eine höhere Sicherheitsstufe. Sollte es trotzdem Probleme geben, melden Sie sie bitte schnell per Messagefunktion oder notfalls telefonisch. Unsere Kontaktdaten haben Sie. Das wars."

Die Funktionäre, die im Halbdunkel an ihren Tischen saßen, klopften zustimmend auf das hellgraue Metall der Büromöbel. Das Treffen war vorbei.

Ula packte ihre Sachen zusammen. Endlich war ihren Sicherheitsbedenken halbwegs entsprochen worden, Angreifer würden es jetzt schwerer haben. Goodbye an alle Cyberbullen, dachte sie amüsiert. Jetzt aber ein paar freie Stunden. Sie hatte erst ab morgen früh wieder Dienst.

47

In Otors schien alles ruhig um fünf Uhr und Som lag noch in seinem Bett und schnarchte. Doch Sinin war schon wach. Sie ging in den ersten Stock zu Soms Schlafzimmer und klopfte leise an die Tür.

Som drehte sich im Bett um und schlief weiter. Sinin klopfte nun eindringlicher.

„Som?“, fragte sie halblaut.

„Was – was - ja?“, sagte er verschlafen.

Sinin betrat sein Schlafzimmer. „Som, Edem hat angerufen. Er hat mir nicht gesagt warum, aber das Treffen ist vorverlegt. Heute um elf! Wir brauchen die Mitgliederliste!“

„Hmm.“ Som schaltete das Nachtlicht ein. Für einen Moment trat nachdenkliche Stille ein. „Ok. Ich stehe auf.“

Erleichtert ging Sinin die Treppe wieder hinunter. Sie wollte sich auch bereitmachen, in der Küche würden sie dann Weiteres beraten.

Zwanzig Minuten später saßen sie am Küchentisch. Som hatte ihnen schnell Toasts gemacht. Eine Vorverlegung also.

„Edem hat nicht gesagt, warum er das Treffen vorverlegt. Ist das eine Finte?“, mutmaßte Sinin.

„Nur Edem hat diese Nummer über verschlüsselte Verbindungen. Ich denke nicht.“

Die Präsidentin zog die Stirn in Falten.

„Sinin. Irgendwem müssen wir trauen! Es könnte die Lösung sein“, fügte Som hinzu. Er trank sein Nemech. „Ärgerlich“, sagte er leise und stand auf.

„Was ist?“, fragte Sinin.

„Es läuft etwas schlechter heute. Ich brauche Extramedikamente.“ Er ging zur Küchenschublade und holte zwei Packungen Tabletten heraus.

„Ist es wegen dem frühen Aufstehen?“, fragte Sinin besorgt.

„Nee. Das kommt und geht. Ist halt Pech.“ Er füllte ein Glas mit Wasser und nahm die Bedarfsdosis. „Ich werde mich gleich an die Konsole setzen und von hier aus loslegen. Wird schon klappen. Nimm das Handy von mir mit. Du musst in den Ilsano-Park? Ruf ab 10:15 ein Taxi.“

Eine gute halbe Stunde später begann Som zu hacken. Sie hatten etwas verändert. Er untersuchte vorsichtig die Server aus der Ferne. Aber ihre Situation duldete keinen Aufschub. Heute musste er punkten! Er spielte in Gedanken mehrere Optionen durch, verschlüsselte Verzeichnisse zu knacken. Vielleicht war dem Administrator auch eine Leichtsinnigkeit unterlaufen. Daher schaute er sich erst nur auf den Servern um, ohne direkt Daten abzurufen. Er trank ein

Glas Wasser und spürte in sich nach. Sein gesundheitlicher Zustand war nicht uferlos. Also los. „Wir brauchen die Liste“, murmelte er.

48

Kurz vor elf Uhr kam Sinin mit dem Taxi am Isano-Park an. Sie trug Soms alte Outdoorjacke und ihre Sonnenbrille, um nicht erkannt zu werden, was mit der neuen Jacke ja passiert war. Edem hatte ihr eine Karte aufs Handy gesendet, wo sie ihn finden würde. Eine Steuerung über die Handynavigation wäre zu riskant. Also musste sie der Karte folgen. Es war ein schöner Tag, im Park waren viele Familien und Touristen. Kinder tollten die Wege im Grünen entlang. Sinin war angespannt. Da vorne rechts, entnahm sie dem Handydisplay. Edem und einen Geheimdienstler sollte sie treffen. Düster dachte sie an den zweiten Attentatsversuch, als die Polizisten auf sie geschossen hatten. Edem würde das nicht tun, dachte sie angespannt. Es würde bestimmt gut gehen! Sie hatte im Taxi nachgesehen, die Mitgliederliste war noch nicht übermittelt. Nun links, dann musste sie in fünfzig Metern da sein. An einer Bank standen zwei Männer, ein mittelgroßer mit kurzen, dunkelblonden Haaren und ein hagerer. Das könnte Edem sein! Sie wäre am liebsten losgerannt, mahnte sich aber zur Ordnung. Sie ging den geraden Weg bis zur Bank entlang.

„Edem!“, rief sie erleichtert. Sie war angekommen, keine Schüsse, nichts. Der Polizist lächelte.

„Sinin. Geht es dir gut?"
„Ja, an sich ja."
Der kleinere Mann trat auf Sinin zu. „Hallo, wir müssen Ihr Handy scannen", sagte er ruhig und hielt ein technisch wirkendes Gerät in der Hand. „Sie dürfen es in der Hand behalten. Ich verbinde es nur kurz mit dem Diagnosegerät." Er steckte ein Kabel in Sinins Handy. Auf seinem Gerät leuchteten verschiedene Anzeigen, die er aufmerksam betrachtete.
„Klasse vier", sagte er leise. „Es ist ein verschlüsselter Kanal offen, den ich nicht einsehen kann. Wozu?"
„Mein Informant. Er schickt uns darüber die Mitgliederliste."
„Ok", sagte der Beamte nachdenklich. Das war ein möglicher Grund. „Die Mitgliederliste ist noch nicht vorhanden?"
„Er schickt sie, sobald er sie hat. Unser Treffen ist ja vorverlegt worden!", entgegnete Sinin und hoffte auf eine gute Lösung.
„Dreißig Minuten warten ist möglich", sagte Edem und tauschte einen kurzen Blick mit dem anderen. Som, bitte!, dachte Sinin inständig. Sie mussten warten.

49

Som schwitzte. Sein Gesundheitszustand hatte sich nicht gebessert durch das Hacken, aber er hatte nun einen besseren Zugriff auf den Server von Z. Er konnte glücklicherweise ein Chatprotokoll des Buchladens entschlüsseln, in dem drei User und ein Moderator von Z Nachrichten geschrieben hatten. Der Moderator mit dem Forennamen Xi verwendete ein recht einfaches Passwort, dass er durch ein Tool durch Probieren aller Möglichkeiten herausfinden konnte. Er meldete sich als Xi an und hatte nun höhere Rechte. Er suchte nach der Mitgliedsdatei. Das System musste ein Sicherheitsupdate bekommen haben. Ob er nachverfolgt werden konnte, wusste er nicht genau. Jedenfalls bestand die Verbindung weiterhin. Auch auf Teile der verschlüsselten Ordner konnte er jetzt zugreifen. Som bekam Kopfschmerzen, trank einen Schluck Wasser. Er musste jetzt da durch. Er suchte weiter.

50

Von ihrem Büro aus überwachte Ula das Forum. Die neue Sicherheitssoftware funktionierte weitgehend, nur eine Portprotokollierung machte noch Probleme. Die Systemadministratorin scannte schon länger, suchte nach Lösungsmöglichkeiten. Da ertönte ein kurzes Warnsignal. Was war das? Der Benutzer Xi hatte auf einen sensiblen Bereich des Systems zugegriffen. Tero?, dachte sie verwundert. Der war doch jetzt gar nicht im Büro. Sie überprüfte den Systemprozess. Der Zugriff kam von außerhalb des Netzwerkes. Ula war hellwach. Was zur Hölle ... woher?, durchfuhr es sie. Die Adresse war nicht sichtbar. Ula startete ein Programm und führte einen Scan des verbundenen Computers durch. Nach vierzig Sekunden bekam sie die fremde Netzwerkadresse. Aus Otors. Sie überlegte. War nicht die Präsidentin in Kenem gesehen worden und vor Otors aus dem Taxi gestiegen? Nach ihr hatte der Krieger wieder suchen lassen. Das musste zusammenhängen! Ula ermittelte die Adresse des Angreifers. Schnell wählte sie eine Nummer.

„Nes? Wir haben eine heiße Spur zu Danir. Schickt ein Eingreifteam nach Otors, Celemweg D1. Seid bewaffnet."

„Kein Problem", sagte Nes und legte auf.

Und jetzt zu dir, dachte Ula. Das Scanprogramm lieferte ihr Prozesse, die von Xi gestartet worden waren. Sie konnte vier erfassen und beendete sie.

„Das wars!“, sagte sie halblaut. Sie erhöhte die Sicherheitsstufe des Systems.

SI

„Verbindung unterbrochen“ stand auf dem Popup-Fenster von Soms System. Hatte er die Mitgliedsdatei schon? Die Kopfschmerzen wurden stärker. Som hatte mehrere verdächtige Dateien heruntergeladen, aber die mussten noch analysiert werden. Er brauchte jetzt ein starkes Medikament. Neben dem Tisch stand das Döschen Nemoton. Er griff danach – und warf es vom Regal.

„Nermat!“, fluchte er halblaut.

Er brauchte genau eine Tablette. Das Wasserglas auf dem Tisch war noch halb voll. Er bückte sich, um nach den Tabletten zu suchen. Ihm wurde schwindelig. Er hielt inne, gab sich etwas Erholungszeit. Nur eine Tablette, dachte er. Da. Er griff nach der kleinen Dose und stand wieder auf. Er öffnete die Verpackung und nahm zitternd eine Tablette heraus. Und jetzt das Wasser. Er nahm einen Schluck, goss das Wasser dabei halb über sich. Geschafft! Er setzte sich wieder in seinen Bürostuhl. Es war noch nicht vorbei! Er startete mit Tastatur sein Analyseprogramm für die geladenen Dateien. Das konnte dauern.

Som war außer Atem. Jetzt die Polizei aus Otors. Die war bestimmt nicht unterwandert, durchfuhr es ihn. Die Nummer war eingespeichert.

„Polizeirevier Otors und Kenem?“

„Ja, ich, hier ...", sagte Som. Er versuchte sich zu kontrollieren. „Som Tebendar .... Celemweg ... D1. Die ... die Diebesbanden sind wieder da!"

52

Im Park warteten Edem, Sinin und der Geheimdienstmann auf Soms Anruf. Dreißig Minuten waren schon vergangen. Der kurzhaarige Beamte schien leicht beunruhigt. „Wir können noch zehn Minuten warten“, legte Edem fest und blickte zu Sinin, die dankbar zurücksah. Bitte, bitte, Som!, flehte sie in Gedanken. Sie schaute auf das Handy, aber es gab keine Veränderung.

Eine Mutter kam mit einem Kinderwagen den Weg entlang. Das Kind, ein Mädchen, vielleicht drei Jahre alt, blieb vor den drei erwachsenen Personen stehen und zeigte auf Edem.

„Da“, sagte es und blickte fragend zu ihrer Mutter. Edem nickte der Mutter wohlwollend und leicht lächelnd zu. Sinin betete. Die Mutter blickte Edem unsicher an, nahm ihr Kind bei der Hand und ging den Weg weiter in den Park.

Um die Sonne hatten sich ein paar Wolken gebildet und es wurde kühler. Da machte Sinins Handy ein Geräusch. Sinin schaute im Dateiexplorer nach, wie Som es ihr gezeigt hatte. Eine Datei war angekommen. „Rchedes-rrs“ stand da. Das konnte, das musste die Mitgliedsdatei sein! Sinin nahm das Smartphone ans Ohr, aber es gab keine Sprachverbindung.

„Lassen Sie mich sehen“, sagte der Geheimdienstler und verband das Kabel seines Diagnosegeräts mit dem Gerät Sinins.

„Eine neue Datei. Eine Datenbank. Könnte stimmen!“

„Ok. Sind die Daten übertragen?“, fragte Edem.

„Moment noch. Ja, jetzt.“ Der Beamte trennte die Kabelverbindung der Geräte.

„Gut. Wir werden das untersuchen“, sagte Edem zu Sinin. „Können wir dir irgendwie helfen?“

„Ich ... danke, nein. Bei meinem Informanten bin ich jetzt noch am sichersten.“

Edem stand auf und wandte sich zum Gehen.

„Ich will den Verantwortlichen stellen!“, sagte Sinin bestimmt.

„Wir werden sehen, was die Beweislage möglich macht. Alles Gute!“

Die Gruppe trennte sich, Sinin brach zum Rande des Parks auf, um ein Taxi zu bestellen.

53

Gut vierzig Minuten später kam Sinins Taxi im Celemweg an. Der Fahrer fuhr langsam an geparkten Autos vorbei bis zu Soms Haus D1. Vor dem Eingang stand ein anthrazitfarbener Kombi halb auf der Straße. Sinin bekam ein ungutes Gefühl. Sie schaute in Soms Hof und erkannte drei – nein, vier vermummte Männer vor der Haustür. Einer der Männer drehte sich zur Straße um und schaute zum Taxi.

„Fahren Sie weiter!“, sagte Sinin schnell. Der Taxifahrer beschleunigte leicht. „Lassen Sie mich zwei Straßen weiter raus.“

Som würde wohl zu Hause sein. Was konnte sie machen? Sie wählte am Smartphone Soms Nummer. Ein Freizeichen erklang, aber niemand hob ab. Som geh ran, bat sie stumm. Die Mailbox meldete sich. Sinin legte auf. Wenn die Polizei teilweise unterwandert war, was konnte sie tun? Sie überlegte fieberhaft. Das Taxi war zwei Straßen weitergefahren.

„Soll ich Sie hier rauslassen?“, fragte der Taxifahrer unbeteiligt.

„Ja“, entschied Sinin und bezahlte die Fahrt. Mensch, Som!, dachte sie besorgt. Sie kam sich hilflos vor. Hoffentlich passiert da nichts! Und die Verschwörer suchten gerade sie! Aber Som? Sinin würde in der Nähe bleiben und in einer halben, dreiviertel Stunde vorbeischauen. Vorsichtig. Jetzt konnte sie nichts tun, sie musste warten.

54

Nes und seine Leute hatten Soms Schloss geknackt und drangen bewaffnet in die Wohnung. Ein Alarm ertönte, doch ein weiteres Mitglied des Einsatzteams schlug auf den Deckenlautsprecher, bis Stille einkehrte.

„Wir haben nicht viel Zeit, vielleicht gibt die Alarmanlage der Polizei Nachricht!“, instruierte Nes seine Männer. „Findet Danir!“

Nes öffnete mit gezogener Waffe die Küchentür. Wenn er Danir sah, sollte er schießen. Die benutzten Teller vom Frühstück standen noch auf dem Tisch, aber Nes war alleine im Raum. Er ging wieder auf den Flur.

Seine Männer kamen aus anderen Zimmern des Erdgeschosses.

„Keiner da.“ Die Treppe vom Flur führte in den ersten Stock und in den Keller.

„Sangto – wir gehen hoch. Ihr durchsucht den Keller“, wies Nes die Männer an. Mit vorgehaltener Waffe ging Sangto vor ihm nach oben.

Die Tür zum Computerzimmer stand halb offen. Nes betrat den Raum. Der Monitor und die Deckenlampe leuchteten das Zimmer gut aus. Auf dem Boden lag Som verkrümmt neben seinem Bürostuhl und regte sich nicht. Nes kniete neben ihn und spürte mit seinen Fingern Soms Puls. „Er ist bewusstlos.“

Sangto betrachtete den Monitor. Die Serveradresse kam ihm bekannt vor, das war doch die geheime Adresse von Z in einem Diagnoseprogramm.

„Hey! Das Dreckschwein hat uns gehackt!“, rief er.

Nes schaute sich die Monitoranzeige an. „Tatsache.“

Sangto zeigte auf Som. „Sollen wir ihn mitnehmen? Er erzählt bestimmt ne Menge, bis wir mit ihm fertig sind.“

Nes überlegte. Einen Moment später kamen die beiden anderen Männer des Eingreifteams nach oben.

„Von Danir keine Spur“, sagte der eine mit kehliger Stimme.

„Durchsucht noch die weiteren Räume!“, wies Nes ihn an.

Zwei Minuten später hatte das Eingreifteam die ganze Wohnung durchsucht. Die Präsidentin war nicht im Haus. Nes überlegte, da summte ein Gerät an seinem Gürtel. „Verdammt“, sagte er halblaut. „Polizei ist unterwegs.“

„Welche von unserer Seite?“

„Nein. Wir haben keine Zeit mehr. Keine Komplikationen! Wir lassen ihn hier. Aber seinen Computer nehmen wir mit.“ Er griff das Gerät, das auf dem Computertisch stand, und löste die Kabel. Der Monitor verlor das Signal. „Jetzt raus!“

55

Sinin hatte sich zwei Straßen weiter aufgehalten. Immer noch trug sie ihre Sonnenbrille. Som war vielleicht in Not. Nach vierzig Minuten entschloss sie sich, sich Soms Haus vorsichtig zu nähern. Aus der Ferne sah sie einen Polizeiwagen mit Blaulicht. Der anthrazitfarbene Kombi war verschwunden. Zögerlich näherte sie sich dem Einsatzfahrzeug. Die Tür von Soms Haus stand offen. Sie musste nach dem Rechten schauen.

„Hallo?", fragte eine Polizistin hinter ihr. „Dies ist ein Einsatz, Sie können hier jetzt nicht einfach rein!" Sinin nahm die Sonnenbrille ab. Die Polizistin blickte ihr ins Gesicht.

„Ich bin Präsidentin Danir. Ich bin hier undercover untergekommen, um mich vor weiteren Anschlägen auf mich zu schützen. Zuständig ist Erster Kommissoner Edem Detergas. Ich würde gerne nach Som Tebendar, meinem Helfer, schauen. Rufen Sie Detergas an. Geheimhaltung ist sehr wichtig!"

„Sie sind ... Frau Präsidentin ... Moment, ich muss das überprüfen", stammelte die junge Polizistin und suchte nach einer Nummer in ihrem Smartphone. Eine Minute später hatte sie eine Verbindung aufgebaut.

„Ich muss Herrn Detergas sprechen, es geht um die Entführung von Präsidentin Danir!" Sie wartete eine Weile.

„Herr Detergas, gut, dass ich Sie erreiche ..."
Sinin betrachtete den Hauseingang und die aufgebrochene Tür. Ein Polizist trat in den Flur. Hoffentlich ging es Som gut, dachte sie.
Da beendete die Einsatzkraft das Telefonat. „Alles in Ordnung, Frau Präsidentin. Kommen Sie mit!"
Sie gingen durch den Flur des leicht beleuchteten Hauses bis zum Computerzimmer.

Im kleinen Gästebett gegenüber dem Computertisch lag Som, er war bei Bewusstsein. „Sinin!", sagte er leise. „Habt ihr die Datei bekommen?"
„Alles angekommen, Som! Wie geht es dir?"
„Ich war ohnmächtig. Es war ein schwerer Anfall. Medikamente konnte ich nehmen und habe auch noch welche da. Ich brauche jetzt nur zwei Tage Ruhe."
„Super", sagte Sinin lächelnd.
„Wir haben einen Notarzt gerufen", ergänzte die junge Polizistin. Som nickte.
„Sie haben deinen Computer!", rief Sinin.
„Jupp. Er hat eine Verschlüsselung, sobald er vom Netz getrennt wird. Keine Gefahr", sagte Som leise. Sinin lächelte.
„Unser Standort ist jetzt schon ein paar Menschen bekannt", fuhr Som fort. „Ich will aber hier bleiben, zur Ruhe kommen."
„Vielleicht kann uns Edem Polizeischutz geben. Für die nächsten achtundvierzig Stunden", schlug Sinin vor.

Sie atmete tief ein und aus und schaute zu Som, der leicht belustigt von der Situation im Gästebett lag und auf den Notarzt wartete. Ein paar Sonnenstrahlen schienen durch das Fenster ins Zimmer.

Mann, Mann, dachte Sinin. Vielleicht hatte alles funktioniert!

56

Vierundzwanzig Stunden später. Edem und sein Geheimdienstkontakt hatten die Mitgliederliste ausgewertet. Die Daten waren der Durchbruch. Zuerst hatte Edem besonders heikle Personalien nur den Führungskräften zugespielt, die nicht auf der Liste standen. Es galt höchste Geheimstufe, einige Ermittlungen wurden komplettiert. In den frühen Morgenstunden des darauffolgenden Tages schlugen die Ermittler zeitgleich im ganzen Land zu.

Redo Arada, der Leiter der Sonderkommission Danir, und zwei Sicherheitsbeamte gingen durch das Großraumbüro des Polizeihauptquartiers. Sie betraten den Bereich von Hauptkommissar Negon Sta, der vor dem Monitor saß und etwas in den Rechner eingab. Als er die drei Polizisten bemerkte, standen sie bereits dicht vor ihm und versperrten alle Fluchtwege.

„Negon?"

Der Hauptkommissar schaute von einem Sicherheitsbeamten zum anderen. „Aber ... Redo ... ich ...", stammelte Negon.

Der Beamte links neben Arada las aus dem Haftbefehl vor: „Sie sind festgenommen wegen Weitergabe von Dienstgeheimnissen und Mitgliedschaft in einer verfassungsfeindlichen Organisation."

„Ich, ich hab doch gar nichts ...!"

„Doch, Negon. Du hast", sagte Arada knapp. Auf sein Zeichen legte der Sicherheitsbeamte Negon Handschellen an. Und damit war der Maulwurf der vierzehnköpfigen Kommission verhaftet.

57

Zur selben Zeit ordnete Erdo Sas in seinem Parlamentsbüro an seinem Schreibtisch die Unterlagen, die für den Tag wichtig waren. Zwei bewaffnete Sicherheitsbeamte saßen wachsam auf den Besucherstühlen.

Ruckartig öffnete sich die Tür und Erdos aufgelöste Sekretärin trat ein.

„Herr Sas, ich konnte nicht ..."

Erdo sah auf und die Sicherheitsbeamten erhoben sich. Lina Erbos und ein weiterer Beamter drangen in den Raum. Hinter ihnen stand Edem. Er hatte es sich nicht nehmen lassen, dabei zu sein, wenn der Kopf der Verschwörung gestellt wurde. Erdos Sicherheitsbeamte blieben vor ihren Stühlen stehen. Lina und Edem griffen zu ihren Waffen im Schulterhalfter.

„Machen Sie sich nicht unglücklich", sagte Edem bestimmt.

„Verlassen Sie mein Büro!", forderte Erdo. „Ich habe Immunität!"

„Nein", sagte eine ruhige Frauenstimme. Sinin Danir betrat den Arbeitsraum des Oppositionsführers. „Ich habe sie aufheben lassen."

„Frau Präsidentin, Sie sind ja wieder da, aber ... Ich habe Ihnen doch nichts getan!"

„Du wolltest mich umbringen lassen, Erdo. Um die Wahl zu gewinnen."

„Aber nein! Das ist nicht wahr!"

„Doch, Erdo. Wir haben die Mitgliederliste von Z ausgewertet, Krieger." Sinins Stimme klang sicher und Erdo hielt inne.

Lina befahl Erdos Sicherheitsbeamten, sich zu setzen. Sie verlas den Haftbefehl: „Erdo Sas, Sie sind festgenommen. Gegen Sie wird ermittelt wegen Anstiftung zum Mord, Fall C4-TD877. Aufhebung der Immunität SI-434. Sie werden in ein Untersuchungsgefängnis überstellt."

„Das ist alles eine Lüge! Ich werde es beweisen! Ich habe nichts damit zu tun!"

Edem trat zwei Schritte hinter Erdos Schreibtisch und legte dem Fraktionsführer Handschellen an.

58

In den nächsten Stunden führte die Polizei viele Zugriffe durch. Hausdurchsuchungen und Festnahmen, die die Mitgliedsdatei ermöglicht hatte, trafen die Organisation Z togonweit. Auch im Serverbunker in Ers wurden Rechner beschlagnahmt und Verdächtige festgenommen. Auf dem Parkplatz vor dem Haupteingang standen insgesamt sieben Einsatzfahrzeuge, die Polizisten hatten die Ein- und Ausgänge des Gebäudes abgeriegelt. Ein verhafteter Organisator wurde in Handschellen in einen der beiden Polizeibusse gebracht. Zwei weitere Beamte führten Ula Nerban aus dem Gebäude, auch gegen sie lag ein Haftbefehl vor. Die Polizisten brachten sie in den anderen Bus. Der Systemadministratorin schossen viele Gedanken durch den Kopf. Wieviel wussten die? Was würde auf sie zukommen? Die Einsatzkräfte hatten auch die Server aus dem Bunker mitgenommen. Ulas Daten waren verschlüsselt, aber die Zugangsdaten lagen den Ermittlern durch die Mitgliederliste vor. So viel Ula auch grübelte, es fiel ihr kein günstiger Ausweg ein. Die Zeit der uneingeschränkten Unterwanderung durch Z war vorbei.

59

Einige Tage später in einem Hotel in Erpett, außerhalb von Ers. Sinin saß alleine an ihrem Tisch im Frühstückssaal und sortierte das Essen, das sie sich vom Buffet geholt hatte. Sie hatte sich trotz der Nähe zum Wahlkampf zwei Tage Ruhe verschafft. Sie würde in den Politikbetrieb zurückkehren, wieder kandidieren. Sie dachte an die vergangenen Tage, das Attentat, Soms Hilfe und die Auflösung von Z. So viel war geschehen in so kurzer Zeit. Sie war innerlich ganz ruhig und das reichte ihr vorerst. Sie fing an, das Gebäck, das sie sich ausgesucht hatte, langsam zu verspeisen. Der Fernseher in der Lounge zeigte die Nachrichten, ab und zu wurde über Z berichtet. Auf ihren Wunsch hin hatte sie nur ein Sicherheitsbeamter begleitet, er saß hinter ihr im Raum. Gleich würde sie auf ihr Zimmer gehen und die Gedanken etwas baumeln lassen. Sie war heilfroh, dass dies wieder ohne große Angst ging. Erdo Sas saß jetzt im Untersuchungsgefängnis, gegen ihn wurde ermittelt. Das erfüllte sie mit Genugtuung. Ihre kleine Auszeit würde noch vierundzwanzig Stunden dauern und die würde sie ruhig nutzen. Von Som hatte sie eine Telefonnummer. Der wehrhafte Einsiedler, dachte sie lächelnd. Sie würde versuchen, über ihn informiert zu bleiben. Sie schaute auf ihren Teller. Jetzt das Laugengebäckstückchen, dachte sie und biss hinein. Lecker!

60

Gut einen Monat später saß Som in der Bahn. Er kam von einer Wohnungsbesichtigung in Ers. Er hatte sich entschieden. Nichts mehr mit Ruhestand. Er wollte einen neuen Job und eine Wohnung in der Hauptstadt. Lange genug hatte er sich isoliert. Doch alles war nicht so einfach – schon fünfmal war eine Wohnung an andere Interessenten vergeben worden.

Es wurde Winter in Togon und es war dunkel schon am frühen Abend. Nur wenige Menschen waren im Bahnwagen nach Otors. Som würde bald ankommen. Er dachte über seine finanzielle Situation nach. Es gab das bedingungslose Existenzeinkommen und seine Rente. Mit einem guten Job würde er sich den Umzug leisten können, trotz der Mieten in der Hauptstadt. Das Haus würde er verkaufen, auch wenn er nicht viel dafür bekommen würde, wäre es ein kleiner Puffer. Alles in allem, es war ein Neuanfang! Langsam dachte er an den heutigen Abend, wie er ihn verbringen würde. Er hatte sich etwas Besonderes zu Essen gekauft, er würde seinen neuen Entschluss feiern, die Tatsache, dass es Sinin gut ging und dass er es trotz allem auch gut gehabt hatte in Otors. Nera würde sich über seine Pläne freuen. Vielleicht wurde die Wohnung, die er eben besichtigt hatte, an ihn vergeben. Es würde einen Weg geben. Der Zug erreichte den Bahnhof in Otors, Som nahm seinen Rucksack und stieg aus.

61

Som hatte seinen Nonir, einen leichten Branntwein, zu Ende getrunken und schon eine Stunde bei ruhiger Musik und etwas Essen verbracht. Er könnte neue Menschen kennenlernen, neue Aufgaben lösen! Es würde vermutlich nicht alles glatt laufen, erwartete er. Aber insgesamt war er optimistisch. Er stellte das Glas auf den Wohnzimmertisch und hörte einem neueren Musikstück zu. Da meldete ein Signal eine Textnachricht an. Som nahm das Smartphone und entsperrte es. Die Wohnung war an jemand anderen vergeben worden. Absage Nummer sechs. Er legte das Smartphone auf den Wohnzimmertisch zurück. Nun, es kann ein langer Prozess werden, dachte er sich. Aber etwas deprimierend war es schon. Er stellte die Musik ab. Vielleicht sollte er sich zur Ruhe begeben. Der Winter war noch nicht vorüber! Er räumte sein Geschirr vom Wohnzimmer in die Küche und seufzte.

Er ergriff sein Smartphone und ging in den ersten Stock, um sich umzuziehen. Da ertönte ein neues Signal. Ein Anruf. Wer konnte das sein, um diese Uhrzeit? Som nahm das Gespräch an.

„Som, hier Sinin!"

„Sinin! Mensch, wie geht es dir?"

„Gut, ich bin wieder an der Arbeit!"

„Schön. Was ist los, wieso rufst du mich an?", fragte Som neugierig.

„Ich weiß nicht, ob es was für dich wäre, das musst du entscheiden – aber ich suche einen IT-Sicherheitsbeauftragten. In meinem Stab."

„Oh, das ist ja ... Ich bin wieder auf der Suche nach Arbeit", sagte Som nachdenklich.

„Wäre das was für dich?"

„Was habe ich da für Konkurrenz?"

„Nun, es gibt nur einen Bewerber."

„Oh, ok. Wenn das so ist ...", Som dachte nach, „ ... habt ihr vielleicht auch eine Unterbringung für Angestellte?"

„Lässt sich einrichten."

„Ich nehme an, ich sollte eine formelle Bewerbung für eine Regierungsstelle schicken?"

„Prima, das wäre gut."

„Danke Sinin. Das freut mich sehr!"

„Schön! Ich schicke dir eine Textnachricht mit den Einzelheiten. Bis später!"

„Bis dann!"

Eine Regierungsstelle. Danke Sinin, dachte Som bewegt. Jetzt konnte er nicht mehr einfach schlafen gehen! Er ging die Treppe wieder herab. Wie wär's mit schneller Musik? Es war die Lösung!

62

Zwei Wochen vor der Wahl saß Sinin wieder in der kleinen Kirche im Zentrum von Ers. Sie war zurückgekehrt in ihr Amt der Präsidentin und suchte für die kommende Zeit Unterstützung von dem, an den sie glaubte. Oberin Yana hatte ihr eine Grußformel für ihre Anwesenheit angeboten, doch sie hatte verzichtet. Fünfundsechzig Gläubige waren durch die Kälte in das kleine Gotteshaus gekommen, Yana hatte mit dem Gottesdienst begonnen.

„Wie gehen wir weiter?“, fragte sie. „Es ist Gottes Liebe, die sich in uns spiegeln sollte. Wir lernen. Andere lieben, Gott lieben, auch sich selbst lieben. Folgen wir Gottes Weg und lieben wir, um wieder zu leben. Sona. Dazu ein kurzer Moment der Stille, in dem wir das vor ihn tragen können, was uns bewegt.“

Sinin dankte, dass sie wieder Präsidentin sein konnte. Trotz allem, was geschehen war. Und vielleicht würde sie auch nach der Wahl wieder Präsidentin sein. Es gab so viel. Und letztlich würde sie weiter versuchen, zu lieben, um zu leben. Danke.

Yana gab ein Zeichen und der Organist der Kirche begann mit einem geistlichen Lied.

DANKSAGUNG

Ich möchte all denen danken, die mich beim Schreibprozess begleitet haben und mir mit Rat und Tat zur Seite standen. Meinen beiden Testleserinnen, meinem Grafiker, meiner Lektorin und meiner Buchsetzerin. Ohne Euch wäre „Zurück zum Feuer“ nur halb so gut!

Roland Simm

SAKAYA

SCIENCE-FICTION VON ROLAND SIMM

An einer Wand des Einkaufszentrums hatte ein Gebäudereiniger eine Tür offen gelassen. Eine Chance. Eret lief schneller, schlüpfte hindurch, schloss den Zugang. Vielleicht konnte er Hilfe holen. Er rannte durch die Gänge des Gebäudes, suchte nach einer sicheren Stelle. Wieder sah er sich um. Eret konnte niemanden erkennen. Er blieb kurz stehen, rang nach Luft.

Hinter der Werbesäule könnte er sich verstecken. Der Informant ging die restlichen Meter und setzte sich hinter dem monitorbestückten Anzeiger auf den Boden. Er aktivierte die Telefonfunktion in seiner Kleidung und suchte nach den

Kontaktdaten seines Freundes Mes Nereg. Vielleicht konnte er ihm noch helfen. Die Werbetafeln leuchteten, zeigten die neuesten Angebote, aber Eret war irritiert. Wenn sich jemand der Tafelelektronik näherte, schaltete sie eigentlich personalisierte Werbung, die mit dem Gerät in der Kleidung abgestimmt war. Aber hier passierte nichts. Egal, vielleicht ist sie kaputt, dachte Eret. Mes, geh ran ...

Aber auch der Telefonanruf kam nicht durch. Das Netz war unerreichbar, mitten in der Einkaufsmetropole Lukovia. Eret probierte es noch einmal. Wieder konnte sich das Gerät nicht verbinden. Mist, das konnte doch nicht sein ... der Informant stand auf. Vielleicht kann ich mich hier ein paar Stunden verstecken, dachte er, als ihn der Schuss eines Tasers aus dem Bewusstsein riss.

ISBN Taschenbuch: 978-3745009934
ISBN E-Book: 978-3742779748

FSC
www.fsc.org
MIX
Papier | Fördert
gute Waldnutzung
FSC® C083411

Zeitfracht Medien GmbH
Ferdinand-Jühlke-Straße 7
99095 Erfurt, Deutschland
produktsicherheit@kolibri360.de

Druck:
CPI Druckdienstleistungen GmbH
im Auftrag der
Zeitfracht Medien GmbH
Ein Unternehmen der Zeitfracht - Gruppe
Ferdinand-Jühlke-Str. 7
99095 Erfurt